Edward Bunker

LOCKRUF DER NACHT

Roman

Aus dem Englischen
von Jürgen Bürger

liebeskind

Für Brendan Bunker

1

Ernie Stark war bestimmt nicht der netteste Kerl unter der Sonne. Das konnten sogar seine Freunde bestätigen. Sofern er überhaupt welche hatte. Er war ein mieser kleiner Gauner, der davon träumte, mit dem nächsten Ding den großen Treffer zu landen. Und sich damit auf die Sonnenseite des Lebens zu katapultieren. Aber viel zu oft wurde er reingelegt. Wenn nicht von dem Penner, den er sich eigentlich als Opfer ausgeguckt hatte, dann von den Bullen.

Nehmen wir zum Beispiel sein letztes Missgeschick. Weil er so blöd war, sich während seiner Bewährungszeit von den Bullen schnappen zu lassen, steckte er notgedrungen plötzlich mit ihnen unter einer Decke. Stark hatte schon eine Menge krummer Sachen durchgezogen, aber eine miese Ratte zu sein, ein Bullenspitzel, diese Rolle gefiel ihm gar nicht. Aber entweder das oder zurück in den Knast. Da war er doch lieber eine Ratte – und draußen.

Die Cops wussten, dass sein hawaiianischer Kumpel Momo ein Dealer war. Nur ein kleiner Fisch. Auf ihn waren sie auch nicht scharf; sie wollten seinen Lieferanten. Wenn sie Momo einlochten, würde der Mann, der eine Sprosse über ihm auf der Dealer-Leiter stand, verschwinden. Sie hätten auch Momo hochgenommen, wenn sie gewusst hätten, wo seine Ware steckte.

Also heuerte man eine Ratte wie Stark an, um näher

an seinen Kumpel ranzukommen und so den Namen des Lieferanten von Momos Stoff zu erfahren. Leichter gesagt als getan, dachte Stark, als er gerade neben Momo an der Theke ihres bevorzugten Nachtclubs saß. Man schrieb das Jahr 1962, und das Panama war der beste öffentliche Club in Oceanview.

Was die Sache für Stark verkomplizierte, war, dass er langsam heroinabhängig wurde. Schöne Scheiße, dass sein Kumpel Momo ihn zum Sonderpreis belieferte. Er hing noch nicht voll an der Nadel, war aber ganz klar auf dem besten Weg dahin. Genau das hatte ihn ja in dieses Dilemma mit den Bullen gebracht. Derzeit brauchte er zweimal täglich seinen Schuss. Im Grunde hing er bereits am Fliegenfänger.

Dann war da noch Dummy, den er im Auge behalten musste, ein Taubstummer, dem im Knast jeder aus dem Weg gegangen war. Er und Dummy hatten zusammen im Gefängnis eingesessen. Stark wegen einer kleinen Betrügerei, die in die Hose gegangen war, Dummy wegen Totschlags. Kein Knacki rührte Dummy an, nicht mehr, seit einer ihm zu dicht auf die Pelle gerückt war und kurz darauf die Radieschen von unten betrachten durfte. Stark hatte sogar ein paar einfache Ausdrücke in der Zeichensprache gelernt, aber Dummy konnte ohnehin von den Lippen ablesen. Man lernte schnell, den Typ nicht zu verarschen – zumindest nicht, wenn er einen ansah.

Dummy lungerte im Club herum, hatte seine Augen überall. Er hatte irgendeinen Deal mit Momo laufen. Stark vermutete, dass er ein Kurier war. Vielleicht konnte er ihn zum Oberindianer führen, zum Boss?

Stark warf einen Blick auf die Uhr. Er war spät dran. Crowley würde garantiert angepisst sein. Scheiß auf den Kerl. Wie sollte er seine Verabredung einhalten, solange Dummy jeden seiner Schritte beobachtete? Sein Freund war Dummy jedenfalls nicht. Er lächelte praktisch nie. Und wenn doch, dann starb irgendwer.

»Ich muss mich mit einem Typen treffen«, sagte Stark beiläufig zu Momo. »Bin gleich wieder zurück. Halt mir den Platz frei.« Momo antwortete nicht, entließ ihn einfach mit einem kurzen Winken. Aber von Dummy erwartete er zum Abschied auch keinen freundschaftlichen Klaps auf den Rücken.

2

Detective Lieutenant Patrick Crowley saß in der Dunkelheit des zivilen Polizeiwagens. Die verdreckte und heruntergekommene Straße war gesäumt von billigen Absteigen. Die Gegend war das Herz des Rotlichtviertels von Oceanview. Von seinem Platz aus hatte Crowley den Seiteneingang des Panama Club im Blick, die Tür wurde von einer nackten Glühbirne beleuchtet, um die wie ein Heiligenschein die Motten schwirrten. Crowley sah Gäste kommen und gehen und hörte, wie eine Musikbox leise immer und immer wieder denselben Blues spielte. Die Musik schwoll an und ebbte ab, dazu die anderen Geräusche, die mit der Nachtluft herübergeweht wurden: ordinäres lautes Lachen und die vom Whiskey schweren, nur bei wachsender Erregung sich hebenden Stimmen. Eine gelbe Straßenbahn rumpelte vorbei, ihre Glocke klingelte matt. Ein Taxi hielt kurz, um einen Fahrgast aufzunehmen, und verschwand dann Richtung irgendwo.

Crowley sah kurz auf seine Armbanduhr, und seine wulstigen Lippen formten einen stummen Fluch. Er schüttelte den Kopf und beobachtete wieder den Eingang, konnte sich ein Grinsen nicht verkneifen, als eine polizeibekannte Prostituierte mit einem Freier herauskam, um ihn in ein billiges Zimmer abzuschleppen.

Crowley hatte kein Interesse, dagegen vorzugehen. Er war Drogenbulle. Er wartete auf seine Ratte.

Der Seiteneingang öffnete sich wieder, und heraus trat ein schlanker Mann in teuren Klamotten. Ein Feuerzeug flammte in seiner Hand auf. Einen Augenblick später blitzten die Scheinwerfer des Polizeiwagens kurz auf. Der Mann zündete sich seine Zigarette an und überquerte gemächlich die Straße. Crowley knurrte angewidert und ließ den Motor an. Es war Stark.

Starks Blicke schossen die Straße auf und ab, prüften die Schatten, er wandte sich noch einmal um, doch seine Bewegungen waren ungezwungen und lässig. Beim Gehen steckte die eine Hand in der Jackentasche, während die andere mit der Zigarette vielleicht eine Idee zu übertrieben vor und zurück pendelte. Er war groß, hatte leicht gebeugte Schultern und bewegte sich mit katzengleicher Anmut, ein sich wiegendes Stolzieren zwischen Grazie und Pose. Er war sich bewusst, dass er auf seine Weise gut aussah. Diesen Gang hatte er in einem Film bei Humphrey Bogart gesehen. Er trat um den Wagen und stieg auf der Beifahrerseite ein. Nachdem er die Tür hinter sich zugezogen hatte, legte er den linken Arm auf die Rückenlehne und lehnte sich in die Ecke zurück.

Crowley war bereits damit beschäftigt, den Wagen zu wenden, obwohl das hier verboten war. Stark betrachtete die massige Gestalt hinter dem Steuer und dachte, dass siebzehn Jahre bei der Polizei Pat Crowley zu jemandem gemacht hatten, der ein noch größeres Klischee von einem Cop war als die Typen im Fernsehen.

Als sie die Stadtgrenze hinter sich gelassen hatten, verzog Stark das Gesicht.

»Mann, hätten Sie's nicht auch einen Tick cooler abziehen können?« fragte er. »Vielleicht die Straße ein Stück weiter runter parken oder so? Falls mich irgendwer mit Ihnen gesehen hat, ist mein Arsch Geschichte. Ich lebe hier unten, verstehen Sie, und ich finde die Vorstellung wenig reizvoll, die Kehle durchgeschnitten zu bekommen. Die Leute hier machen so was.«

»Du hast mich hingehalten«, erwiderte Crowley schroff. »Ich bin deine Spielchen langsam satt. Du hättest mich heute anrufen sollen. Hast du aber nicht, also bin ich zu dir gekommen. Was hast du für mich?«

»Es ist nicht so einfach, wie Sie sich das vorstellen, Pat.«

Der Detective blickte von der Straße auf und funkelte Stark an. »Meines Wissens reden wir uns nicht mit Vornamen an, du Penner.«

»Hey, ich wollte doch nur freundlich sein.«

»Wir sind auch nicht befreundet. Wir haben eine reine Geschäftsbeziehung. Wir haben einen Deal gemacht, den du unbedingt wolltest ... Ich loche dich nicht ein wegen des Stoffs, den ich in deinen Taschen gefunden habe, und du lieferst mir dafür die große Connection, die Hintermänner. Das hast du mir zumindest versprochen – und ich hab mich darauf eingelassen. Ich würde mich ja sogar mit Mr. Momo Mendoza begnügen. Er steht eine Sprosse über dir. Vielleicht verrät er mir seinen Lieferanten, wenn ich ihn mit genug Stoff festnageln kann, um ihn für die nächsten zwanzig Jahre hinter Gitter zu schicken.«

»Ich werde ihn liefern, aber das geht nicht, wenn Sie mir dauernd auf den Füßen stehen. Überlassen Sie einfach alles mir.«

»Du hast zwar den Deal vorgeschlagen, aber die Regeln bestimme ich. Wenn ich dich sehen will, dann kommst du. Andernfalls sehen wir uns in einer Zelle wieder. Ein Totalentzug würde dir bestimmt nicht gefallen. Hab schon mit eigenen Augen gesehen, was dabei mit Pennern wie dir passiert.«

»Okay, Mann.« Stark schaute auf die vorbeiziehende Landschaft, auf das im Mondschein silbrige Meer, das auf den Strand zurauschte, um sich dort in schäumend blauer Gischt zu brechen, während der Geruch des Meeres die Nacht erfüllte. Er hätte sich immer noch in den Hintern treten können wegen seines Leichtsinns, sich ausgerechnet auf der Toilette einer Tankstelle einen Schuss zu setzen. Der Tankwart war prompt misstrauisch geworden und hatte die Polizei gerufen, und als Stark herauskam, wurde er von Lieutenant Pat Crowley bereits erwartet. Er hatte nicht gewusst, dass die Toilette zu einer in der Szene beliebten Schießbude geworden war.

Das war vor einer Woche gewesen. Und jetzt war die Kacke am Dampfen. Er hatte versucht, seine Vereinbarung mit Crowley zu ignorieren. Genau genommen hatte er nicht die geringste Ahnung, wie er seinen Part des Deals erfüllen sollte. Momo tat ausgesprochen geheimnisvoll, was seine Connection betraf. So geheimnisvoll war sonst nur der Tod. Außerdem war er Starks Kumpel und Verbindungsmann. Wie zum Teufel hatte er sich nur auf diesen Deal einlassen können? Momo hatte seine Ware niemals bei sich. Er verschwand immer irgendwohin, um zu holen, was der Kunde orderte.

»Mann«, sagte Stark, »wir sind hier nicht im Supermarkt. Momo ist kein Volltrottel. Ich kann ihn nicht einfach fragen, wer sein Lieferant ist. Wenn ich zu neugierig werde, stellt er mich kalt. Sie sind doch lange genug dabei, um zu wissen, dass die Welt der Junkies paranoid ist. Keiner vertraut irgendwem.«

»Zu Recht. Ihr verpfeift euch doch alle gegenseitig. Ich könnte dich eigentlich genauso gut einlochen, mir Momo schnappen und ihn dazu bringen, den großen Boss ans Messer zu liefern. Also, finde endlich heraus, wo Momo seinen Stoff versteckt. Einmal haben wir seine Bude schon auseinandergenommen.«

Stark blieb stumm. Er wusste, dass Momo keine Ratte war. Eher würde er in den Knast gehen. Ohne zu zögern. Das war der Preis, den man in seiner Branche zahlte.

»Ich will Ergebnisse«, sagte Crowley. »Wenn's nach mir ginge, würde ich dich hochnehmen. Du hältst dich für ausgebufft, Stark, aber du bist verdammt noch mal nicht ausgebufft genug für diese Welt.«

»Tja, *Sie* sind jedenfalls auch nicht ausgebufft«, erwiderte er trotzig. »Im Panama Club anzurufen und mir ausrichten zu lassen, dass Sie draußen auf mich warten.«

»Halt zukünftig deine Verabredungen ein.«

»Es ging nicht.«

»Eine Nutte …«

Stark sagte darauf nichts. Kochend vor Wut biss er die Zähne zusammen. »Was soll ich jetzt tun?«

»Immer noch dasselbe. Du musst an Momos Boss herankommen. Momo erzählst du, du willst richtig großes Geld verdienen, tisch ihm irgendeine Geschichte auf. Darin bist du doch gut. Lass dir was einfallen. Ich gebe dir zwei Tage. Ist bis dahin nichts passiert, kassiere ich dich ein, drehe den Schlüssel um und schmeiß ihn weg.«

»Okay, okay. Hab's kapiert. Ich glaube, Dummy könnte die Schlüsselfigur sein, der Stumme. Der Typ ist ein Killer. Haben Sie schon mal seine Augen gesehen? Er macht mir Angst.«

»Erzähl keinen Scheiß. Du hast zwei Tage. Und jetzt verpiss dich.«

Zwei Blocks vom Panama Club entfernt stieg Stark aus dem Polizeiwagen. Er blieb im dichter werdenden Nebel stehen und beobachtete, wie die roten Rücklichter langsam verschwanden. Seine Augen funkelten vor Zorn, sein schmales Gesicht war wutverzerrt. Er spuckte aus, als müsste er seinen Mund von Dreck reinigen.

»Du großer, knallharter Bulle«, knurrte er. Plötzlich hellte sich die hässliche Fratze auf. Mit zwei Fingern fischte er eine zerknautschte Marihuana-Zigarette aus seiner Brusttasche. »Yeah, Bulle, das hier hatte ich die ganze Zeit in der Tasche. Du denkst, du hast mich, aber ich habe die ganze Welt an den Eiern. Ihr Hinterwäldler, Idioten und Scheißbullen. Leckt mich doch alle am Arsch. Leck mich, Momo. Und du, Mr. Big, kannst mich auch mal, wer immer du bist.«

Auf der Uhr im Schaufenster eines billigen Juweliers war es ein paar Minuten nach Mitternacht. Kein Grund zur Eile; der Club blieb bis zwei Uhr geöffnet.

Stark glättete das eingedrehte Ende der Zigarette, befeuchtete sie der Länge nach mit seiner Zunge, zündete es an, inhalierte tief und begann die menschenleere Straße hinunterzugehen.

Er fragte sich, ob das Zeug ihm immer noch einen Kick geben konnte. War ein Geschenk des Barkeepers gewesen. Stark hatte es nicht gleich rauchen, den Typen aber auch nicht vor den Kopf stoßen wollen. Der hielt Marihuana noch immer für den besten Stoff der Welt. Er selbst hielt es da mit seinem Vater, einem Drogenfreak und Berufsbillardspieler, der gesagt hatte: »Ich brauche kein beschissenes Gras, um noch verrückter zu werden. Ich brauche die Medizin Gottes, um normal zu werden.« Und jagte sich dann eine Nadel in die Vene, während sein Sohn zuschaute. Sein Vater war ein Junkie gewesen. Stark hatte sich geschworen, niemals an der Nadel zu landen. Nur Vollidioten hingen an der Spritze.

Er nahm einen weiteren Zug von dem Joint, und als er diesmal die Luft anhielt, wirkte die Magie des Marihuanas. Innerhalb von Sekunden schoss sein Verstand auf ein höheres Level, seine Wahrnehmung wurde intensiver und zugleich verzerrt. Crowleys Gesicht kam ihm in den Sinn, fett und dumm. Mit einem Mal musste er laut loslachen. Sein Lachen dröhnte durch die Stille der leeren Straßen. Er riss sich zusammen, wusste, dass das Gras mit seiner Fantasie spielte. Die Lichter waren nun heller, und die Fenster, die noch Augenblicke zuvor kalt und abweisend gewesen waren, wirkten jetzt wie Reihen impressionistischer Gemälde, die von einem großen Künstler in der Galerie der Nacht aufgehängt worden waren. Der Gedanke entlockte ihm eine weitere Lachsalve.

Mülleimer, verbeult und abgenutzt, säumten die Bordsteine, warteten auf den Tagesanbruch. Auch diese erschienen ihm jetzt bedeutsam, besonders eine deformierte Badewanne, die bis zum Überquellen mit Weinflaschen gefüllt war. Stark blieb unvermittelt stehen, beugte sich weit vor und kniff seine blutunterlaufenen Augen zusammen.

»Ich will verflucht sein«, sagte er ernst und ehrfürchtig. »Das ist ein gottverdammtes Meisterwerk der Avantgarde ...« Er lachte über sein eigenes Gequatsche.

Ein schwarz-weißer Streifenwagen rollte an den Bordstein, das Licht seiner grellen Scheinwerfer umspülte Stark. Und schlagartig war seine gute Stimmung dahin. Ein Polizist, dessen Gesichtszüge unter dem Schirm seiner Mütze nicht zu erkennen waren, steckte den Kopf aus dem Seitenfenster wie eine Marionette, die aus einer Kiste linst.

»Was machst du hier draußen, Freundchen? Ziemlich spät für einen Spaziergang.«

»Checke gerade die flippige Kunst hier.«

»Was?«

»Bring den Müll raus.« Er wusste, dass der Polizist gehalten hatte, um zu sehen, ob er betrunken war. Er hielt sich gerade. »Der wird früh abgeholt. Ich arbeite nachts, deshalb hab ich ihn rausgebracht. Freut mich zu sehen, dass Sie hier aufpassen. Da fühle ich mich gleich sicherer, wenn ich meine Frau allein zu Hause lasse.«

»Okay, Mister. Arbeiten Sie nicht zu viel.« Er warf einen betont deutlichen Blick auf die zahlreichen Weinflaschen. »Und denken Sie an Ihre Leber.«

Der Polizeiwagen entfernte sich, um weiter in der Nacht herumzustreifen. Stark schaute ihm nach und wurde wieder klar. »Besser, ich komme runter, bevor mich dieser Stoff hinter Gitter bringt, weil ich dem Mond ins Gesicht gelacht habe.«

Er beschleunigte seinen Schritt Richtung Panama Club.

3

Ein jaulendes Saxofon drang aus der Musikbox zu Stark nach draußen, als er sich der Tür des Panama Club näherte. Ein Marinesoldat torkelte heraus, das Hemd aufgeknöpft, die Mütze schief, blieb schwankend auf dem Bürgersteig stehen, als überlegte er noch, welchen weiteren Verlauf sein Leben nehmen sollte. Er war einer von zahllosen Militärangehörigen, die von weit weg herkamen, aus San Diego etwa, auf der Suche nach Alkohol, Spaß und einer schnellen Nummer.

Stark machte einen Bogen um den Betrunkenen und schlüpfte ins Lokal. Aufdringliches Licht, kreischende Percussion und der Geruch von Zigaretten und Parfum attackierten gleichzeitig seine Sinne. Er liebte all das. Es war sein Revier. Er hielt sich im Schatten, während seine Augen sich an das grelle Licht gewöhnten. Sein Blick wanderte durch den großen, pulsierenden Raum – über die Theke, die kleine Tanzfläche, die besetzten Tische. Es war voll, wenn auch nicht so überfüllt wie an Wochenenden. Aus der Musikbox dröhnte Rock'n'Roll. Eine blondierte Animierdame und ein Matrose mit rosigen Wangen waren die einzigen Tänzer.

Durch den Qualm und das Gedränge beobachtete Stark Momo und Dummy am hinteren Ende der Theke, genau dort, wo er sie verlassen hatte. Dummy war so gut gekleidet wie immer, er trug ein Salz-und-Pfeffer-Sakko. Sein hübsches Gesicht war faltenlos. Momo war das genaue Gegenteil. Er war aufgequollen und ausdruckslos, seine Sachen ungebügelt; sobald er ein Kleidungsstück anzog, wurde es von seiner unförmigen Gestalt zerknittert. Sein Gesicht hatte einen dunklen Teint, war pockennarbig und glänzte verschwitzt. Was für ein Paar, dachte Stark.

Er glitt zwischen den Tischen hindurch, umrundete die Tanzfläche, begrüßte die Bardame mit einem flüchtigen Nicken und stand dann hinter den beiden Männern.

Stark schob sich zwischen sie und warf einen kurzen Blick auf das Profil von Momo Mendozas dunklem, von Aknenarben übersäten Gesicht.

»Wo bist du gewesen?« fragte Momo. »Warst 'ne ganze Weile weg.«

Bevor Stark antworten konnte, machte Dummy in der Gebärdensprache auf sich aufmerksam. Er zeigte auf Starks Kopf und machte dabei eine Handbewegung, als drehte er einen Wasserhahn. Die Bedeutung war klar. Stark grinste und zwinkerte erleichtert.

Dummy nickte. Er klopfte Stark auf die Schulter, nahm einen Vierteldollar von dem Münzstapel auf der Theke und ging. Stark drehte sich erneut zu Momo um.

»Wo bist du gewesen?« wiederholte Momo. »Irgendwer hat gesagt, er hätte dich in ein Auto steigen sehen.«

Das verschlug Stark die Sprache. Dummy musste ihn beobachtet haben. Er richtete seinen Blick auf Momos schwarze, ausdruckslose Augen, die wie kleine Seen in seinem Gesicht schimmerten, und konnte einen kurzen

Moment lang nicht denken. Er bekam sich zwar sofort wieder in den Griff, fragte sich aber, ob Momo seine Reaktion vielleicht bemerkt hatte. In übertrieben verschwörerischer Haltung beugte er sich zu Momo: »Mann«, flüsterte er, »das war doch Harry Anstetter, der Chef des Rauschgiftdezernats der Bundespolizei.«

Über Momos Gesicht huschte ein angedeutetes Lächeln. Das war aber nicht genug. Stark beugte sich näher heran, sein Mund berührte beinahe Momos Ohr.

»Sag's keinem, behalt's für dich, aber der alte Harry war nicht geschäftlich hier. Der Typ ist ein warmer Bruder … der liebt mich schon seit Jahren.«

Momos Lächeln wurde zu einem vulgären Lachen, und da schwand augenblicklich Starks Besorgnis. Er gab dem Barkeeper ein Zeichen und bestellte sich ein Glas Gingerale. Während er darauf wartete, sagte er beiläufig, dass er etwas Gras von einem Freund geraucht habe.

»Ich dachte, du stehst nicht auf Pot«, sagte Momo.

»Ab und zu … Er hat mich genervt, was zu nehmen. Verdammt, das war die Droge meiner Wahl, bis du angefangen hast, mir Gratis-Trips von deiner Scheiße zu geben. Jetzt muss ich zweimal am Tag einen durchdrücken. Wie eine Medizin. Einmal morgens und einmal abends.«

Momo stieß ihn an und deutete mit dem Daumen auf die Musikbox. Dummy stand dort und wiegte sich in den Vibrationen der Musik. Das war eines der wenigen Male, dass Stark Dummy lächeln sah. Stark kicherte, wandte sich aber wieder Momo zu; er hatte Wichtigeres im Kopf:

»Hast du was für mein Abendprogramm?«

»Das kostet dich einen Zehner. Und das ist mein Einkaufspreis.«

»Ich hab die Kohle. Hast du ein paar Packs dabei?«

»Nicht hier. In der Nähe von meiner Bude. Wir brauchen nicht lange bis dahin.«

»Bei deinen Sonderpreisen sollte ich vielleicht gleich für ein paar Tage einkaufen.«

Momo nickte. »Wie schnell brauchst du's denn? Der Club schließt in einer Stunde.«

»Je früher, desto besser. Das Gras hat mir den Kopf vernebelt wie die Jutespinnerei in San Quentin.«

Momo nickte wieder, verständnisvoll diesmal. »Marihuana ist was für Sex-Freaks. Nicht mein Ding.« Er hob ein Glas mit billigem Whiskey und kippte es hinunter. Auf dem Weg nach draußen blieb Momo kurz an der Musikbox stehen, um Dummy zuzuwinken. Der Taubstumme nickte zurück und starrte Stark an; sein Blick verfolgte die beiden, als sie gingen.

Auf der Straße draußen, von den Klängen der Musik begleitet und umgeben von einem leichten Nebel, sagte Stark: »Dummy macht mich nervös. Seine Augen sind unheimlich. Sogar im Knast sind die Typen ihm aus dem Weg gegangen. Er ist kalt, Mann. Nachdem wir zusammen gesessen haben, sollte man doch eigentlich meinen, er wäre freundlicher.«

»Er ist okay«, sagte Momo. »Er ist zuverlässig. Und es legt sich keiner mit ihm an. Vielleicht ein bisschen verrückt. Aber zuverlässig.«

»Arbeitet er für dich? Womit verdient er seine Kohle? Überfällt er Banken, oder was?«

Momo ignorierte seine Fragen, lächelte aber. »Die Damen finden ihn anscheinend attraktiv.«

Beide Männer grinsten süffisant und betraten den Parkplatz, auf dem Starks sechs Jahre alter Chevy-Kombi stand. Das Fahrzeug war das Überbleibsel seiner kurzen Anstellung bei einer Firma für Verkaufsautomaten in Los Angeles. Sie hatten ihm den Schrotthaufen zur Verfügung gestellt. Er behielt ihn, als sich ihre Wege trennten. Er hatte eine nette kleine Nebenbeschäftigung laufen gehabt, bevor die Cops ihn schnappten. Hatte nicht nur die Automaten bestückt, sondern zugleich sein eigenes Ding aufgezogen, indem er Barkeepern steuerfreie Kippen verkaufte, die er aus Mexiko importiert hatte. Er hatte nicht damit gerechnet, von den Bullen geschnappt zu werden, bevor der Mob einen Rückgang der Verkaufszahlen bemerkte. Er konnte von Glück reden, dass er nur zwei Jahre Knast und drei auf Bewährung bekam. Es war nicht seine erste Straftat. Davor hatte er noch ein anderes todsicheres Ding in den Sand gesetzt. Er war achtundzwanzig Jahre alt und hatte davon insgesamt fünf Jahre im Gefängnis verbracht – seine Jugendstrafe mitgerechnet. Das war vor drei Jahren gewesen. Ein ganzes Leben war seitdem vergangen.

Die Fahrt zu Momos Bude war kurz. Sie schwiegen. Stark erinnerte sich an eine Geschichte, die er über Dummy gehört hatte. Er wurde angeblich das erste Mal geschnappt, als er und ein anderer Junge versucht hatten, eine Tankstelle zu überfallen. Der andere Junge war minderjährig, Dummy war achtzehn. Als der Tankwart sich weigerte, die Kasse aufzumachen, gab Dummy komische

Taubstummen-Geräusche von sich, die den Mann zum Lachen brachten, obwohl Dummy eine Kanone in der Hand hielt. »Geh nach Hause und gib deinem Daddy seine Kanone zurück«, spottete er. Das machte Dummy ziemlich sauer, und er verpasste dem Mann einen Schlag mit der Kanone, die daraufhin losging. Die zwei Möchtegern-Gangster liefen mit leeren Händen weg. Der Tankwart identifizierte später den anderen Jungen, der in dem Viertel wohnte und Dummy prompt verpfiff. Der Junge kam in ein Erziehungsheim, Dummy wanderte in den Knast. Später wurde berichtet, dass kurz nach Dummys Entlassung der Junge erstochen aufgefunden worden sei.

Und Crowley erwartet von mir, dass ich diesen Burschen verpfeife? Dann lieber einen Kumpel wie Momo als diesen Killer, dachte Stark.

Die beiden Männer gingen schnell die knarrenden Treppen hoch und den düsteren Flur entlang, der lediglich von einer nackten Glühbirne beleuchtet wurde, die von der Decke baumelte. Momo drehte seinen Schlüssel im Schloss und stieß die Tür auf.

»Warte drinnen«, sagte er. »Ich geh den Stoff holen.«

»Mach schnell, Mann. Ich könnte jetzt schon was brauchen.«

»Nur ein paar Minuten. Mach's dir bequem.«

Momo verschwand wieder den Flur hinunter. Stark hörte das Knarren der Treppe und betrat das Apartment. Es war ein dunkles Zimmer mit Bad und Kochnische. Das einzige Licht war das matte Rechteck aus der Diele, in der er stand. Im Zimmer konnte er ein Doppelbett erkennen. Stark registrierte sofort, dass jemand darin schlief. Dann sah er Frauenkleider über der Rückenlehne eines Stuhls. Ein Fuß mit karmesinroten Nägeln ragte aus dem Haufen aus Laken und Decken hervor.

Als Stark die Tür schloss und den Lichtschalter fand, bewegte sich die Schlafende, deren Gesicht immer noch verborgen war.

»Bist du es, Baby?« fragte eine rauchige Stimme.

»Ich bin's, aber bin ich auch das Baby, das du meinst?«

Das Mädchen kämpfte sich aus den Decken, rieb sich den Schlaf aus den Augen. Als sie endlich aufblickte, sah er in ihre wunderschönen smaragdgrünen Augen mit den verführerisch großen Pupillen.

»Wer zum Teufel bist du? Wie bist du hier reingekommen?«

»Ich heiße Stark. Ein Freund und Partner von Momo. Tut mir leid, dass ich dich geweckt habe. Er hat mich einfach reingelassen. Er ist kurz weg, um etwas zu holen, das ich brauche.«

»Schon gut. Ziemlich viel Verkehr hier.« Sie griff nach einem Päckchen Zigaretten auf dem Nachttisch, der voller Kram war, stellte fest, dass die Packung leer war, und warf sie mit einem tiefen Seufzen auf einen überquellenden Aschenbecher.

Schweigend steckte Stark zwei Zigaretten an und reichte ihr eine. Er fragte sich, wie diese attraktive Frau wohl dazu kam, mit einer Made wie Momo zusammenzuleben. Falls sie an der Nadel hing, war sie auf jeden Fall hübsch genug, um als hochkarätiges Callgirl im Apple oder in Hollywood zu arbeiten.

»Hast du auch einen Namen?« fragte er, »oder soll ich dich der Einfachheit halber Pretty nennen?«

»Nenn mich ruhig Pretty, aber mein richtiger Name ist Dorie Williams.« Sie lächelte. Ihr ganzes Gesicht leuchtete dabei, besonders ihre grünen Augen mit dem goldenen Glitzer. Einen kurzen Moment lang war sie ein fröhliches kleines Mädchen mit rotbraunen Haaren und ein paar Sommersprossen auf der Nase. »Und du heißt noch ...?«

»Stark.«

»Stark. Nett. Ein Mann weniger Worte. Das gefällt mir.«

»Taten sprechen eine deutlichere Sprache als Worte.«

Stark setzte sich auf einen Stuhl und kippte die Rückenlehne nach hinten gegen die Wand. Er streckte seine langen Beine aus. Dorie zog an ihrer Zigarette und ließ den Rauch aus ihrem breiten Mund in die Nase kräuseln.

»Wo ist Momo?«

»Den Flur runter. Kümmert sich ums Geschäft.«

Dorie nickte. Sie war inzwischen hellwach und schob sich zurück, gegen das Kopfteil des Bettes, die Beine angezogen, immer noch bis zum Hals von einem Laken bedeckt. Sie musterte Stark aufmerksam.

»Woher weiß ich, dass du kein Einbrecher oder Vergewaltiger bist?«

»Kannst du nicht wissen. Aber für einen Einbrecher bin ich zu smart, das ist nicht meine Branche. Und was den Vergewaltiger betrifft, warum etwas stehlen, das man kaufen kann?«

Dorie errötete kurz, warf dann den Kopf zurück und

lachte. »Du redest wie Humphrey Bogart. Ich kenne dich erst fünf Minuten, und schon denkst du, ich wäre käuflich. Ziemlich abgebrüht«, sagte sie mit einem spöttischen Unterton.

»Das bin ich allerdings«, sagte Stark.

Einen Moment lang schwiegen sie, taxierten sich gegenseitig. Dorie bewegte sich, um die Zigarette auszudrücken, und das Laken rutschte von ihren Brüsten, entblößte schneeweiße Haut und bräunliche Nippel. Er fragte sich, wie viel Absicht da wohl im Spiel war.

»Wo hat Momo dich gefunden?« fragte Dorie.

»Mich gefunden?«

»Ja, dich gefunden? Dich ausfindig gemacht? Dich getroffen? Dich geködert?«

»Du meinst, er hat meinen Namen noch nie erwähnt? Wir sind alte Freunde. Ich bin nur eine ganze Weile weg gewesen.«

»Weg? Im Gefängnis? Ein Kerl wie du? Der zu smart ist für einen Einbrecher?«

»Hey, jeder macht mal Fehler. Sogar du. Wie bist du denn mit Momo zusammengekommen? Und warum?«

»Genau wie du. Ein Schuss, und ab in die Hölle. Hier ist es nicht besser oder schlechter als anderswo. Aber zu deiner Information, Momo und ich haben uns in der Klapse getroffen.«

»Hatte ich schon fast vermutet. Camarillo?«

»Ja.«

»Entzug?«

»Und Nervenzusammenbruch. Den haben sie in Ordnung gebracht, das Erste nicht.«

»Wie lange warst du da?«

»Sechs Monate. Auf eigenen Wunsch.«

»Und Momo war da, um nicht in den Knast zu müssen. Und von da ging's wieder direkt zurück ins Zwielicht.«

»Stimmt. Man könnte sagen, ich bin mit meiner Connection richtig gut befreundet. Ist perfekt so. Erste Sahne.«

»Was immer einem Spaß macht, schätze ich.«

»Ich probiere gern alles ein Mal aus.«

Stark verstummte, seine Augen zuckten zur Tür, er lauschte.

»Er müsste inzwischen zurück sein«, sagte Dorie. »Normalerweise braucht er nicht so lange.«

»Vielleicht ist er verhaftet worden. Was machst du dann?«

Sie zuckte mit den Achseln. »Du siehst vielversprechend aus … für eine Weile.«

Das war kaum über ihre Lippen gekommen, als sich der Türknauf drehte. Dorie zog die Laken wieder hoch, als Momo hereinkam und die Sicherheitskette vorlegte.

»Tut mir leid, dass du warten musstest«, sagte er. »Hat ein bisschen länger gedauert als sonst.«

»Wo bist du gewesen?« fragte Stark.

»Je weniger du weißt, desto besser.«

Stark grinste breit. »Meinetwegen. Kann ich hier drücken?«

»Denke schon. Ich setz mir auch selbst einen Schuss. Was ist mit dir, Dorie?«

»Bei 'ner Spritztour bin ich immer dabei, Schätzchen.«

Momo ging ins Bad, Stark hinterher. Er gab Stark einen der knallroten Ballons, die oben zugeknotet waren. In jedem Ballon befanden sich zehn Kapseln Junk.

»Geh die Pumpe holen, Baby«, sagte Momo zu Dorie. Dann streckte er eine Hand mit der Handfläche nach oben in Starks Richtung aus. »Das macht dann vierzig Mäuse.«

»Vertrauen ist eine echte Stärke von dir«, sagte Stark, während er ihm ein paar Scheine zuschob.

Momo schnappte sich das Geld und stopfte es ohne nachzuzählen in seine Tasche. Er hatte es eilig, sich endlich einen Schuss zu setzen. Er trat in die Tür, schaute nach Dorie. Sie stand auf der anderen Seite des Raums auf Zehenspitzen auf einem Stuhl vor der Wohnungstür und tastete mit gierigen Fingern in einem Spalt des Deckenfrieses herum.

»Brauchst du die ganze Nacht, um das Scheiß-Besteck zu holen?« fragte Momo.

»Es hat sich irgendwie verkantet. Bleib cool, ich hab's gleich.«

Momo grunzte etwas Unverständliches, wartete und beobachtete sie. Der Anblick ihres Hinterns, der unter ihrem hauchdünnen Negligé bebte, während sie sich abmühte, steigerte seine Ungeduld nur noch. Er setzte sich gerade in Bewegung, um die Pumpe selbst zu holen, als sie sich umdrehte.

»Hier ist es«, sagte sie. Sie stieg geschmeidig von dem Stuhl, hielt ihm das Besteck hin. Er nahm es wortlos und ging wieder in das winzige Bad.

Stark stand neben dem Waschbecken. Er hatte einen

Löffel aus dem Arzneischränkchen geholt, der jetzt auf dem vergilbten Porzellan lag. Auf den Löffel war weißes Pulver gehäuft.

»Gib her«, sagte Stark.

»Was soll ich dir geben?« fragte Momo.

»Die Pumpe.« Er deutete auf die ausgebreiteten Utensilien. »Ich bin so weit. Lass mich zuerst.«

Momo sah den Löffel an und schüttelte ungläubig den Kopf. »Du hast Nerven. Das ist meine Bude hier. Ich drücke zuerst. Oder etwa nicht, Baby?«

Dorie lächelte unschlüssig und zuckte die Achseln. Sie wollte nicht Partei ergreifen.

»Was zum Geier versuchst du hier abzuziehen?« brauste Momo auf.

»Sollte nicht ein guter Gastgeber einem Gast, einem zahlenden Gast, den Vortritt lassen?« fragte Stark.

Momo bekam einen roten Kopf. Seine Kiefer malmten, die Lippen waren fest zusammengepresst. Er konnte Starks nur dürftig verhüllten Sarkasmus nicht ausstehen.

»Willst du unbedingt ins Krankenhaus?« fragte Momo. Er beugte sich herausfordernd vor.

Stark erkannte die Gefahr und änderte die Tonart. Er grinste breit und schlug Momo auf die Schulter. »Mann, krieg das nicht in den falschen Hals. Ich will hier keine krumme Tour machen, und ich will keinen Stress mit dir. Du bist mein Kumpel … und die beste Connection der Stadt. Und du bist kein Idiot, das weiß ich. Ist nur so, ich bin ziemlich in Eile, hab tausend Sachen im Kopf.« Er sprach schnell, tat so, als meinte er es ernst.

Momos Züge entspannten sich. Er senkte den Blick.

»Okay, Mann, lassen wir es dabei bewenden. Vergiss es. Ich hab nur für einen Moment die Beherrschung verloren.«

»Du solltest dich lieber dafür entschuldigen, deinen Freunden zu drohen«, setzte Stark nach. »Lass mich zuerst drücken, dann weiß ich, dass es dir leidtut.«

Momo erstarrte, blinzelte kurz und lachte dann schallend los. Er wedelte mit einer Hand in Richtung Waschbecken. »Bitte, nur zu.« Er drehte sich zu Dorie um, die aufmerksam alles verfolgt hatte. »Dieser Typ könnte einer Prostituierten einen Keuschheitsgürtel aufschwatzen. Aber ich mag ihn, den Dreckskerl.«

»Ja, ich weiß. Er ist auf putzige Weise attraktiv. Ein richtiger kleiner Gauner.«

Stark warf Dorie einen scharfen Blick zu. In den wenigen Minuten, seit er in ihr Zimmer getreten war, hatte sie einige komische Bemerkungen von sich gegeben. Sie hatte eine schnelle Auffassungsgabe, das gefiel ihm, doch es konnte auch gefährlich sein. Er würde sie im Auge behalten müssen, und er wollte verflucht sein, wenn sie ihn nicht durchschaut hatte.

»Tu mir einen Gefallen, Baby«, sagte Stark. »Besorg mir irgendwas zum Abbinden.«

»Wie wär's mit einem alten Nylonstrumpf von mir?« Sie hob in gespielter Koketterie eine Augenbraue und ihre Stimme war gekünstelt belegt, eine kleine Veronica Lake. Noch so eine Blondine.

»Das wird gehen«, sagte er. Er ignorierte, dass sie ihn aufzog.

Momo war viel zu sehr damit beschäftigt, das behelfsmäßige Spritzbesteck auszupacken, um von ihrem kleinen Schlagabtausch etwas mitzubekommen. Er legte Nadel und Eyedropper neben den Löffel und füllte dann ein Glas bis zur Hälfte mit Wasser.

»Mach schnell«, sagte er. »Ich bin danach dran.«

Stark achtete weder auf Momo noch auf Dorie. Sie verließ das Bad, um den Strumpf zu holen, und bewegte ihren wohlproportionierten Körper dabei mit der Sicherheit eines Priesters, der ein geheimes Ritual durchführt. Die Nadel wurde auf dem Eyedropper befestigt, dessen Spitze mit schwarzem Faden umwickelt war. Wasser aus dem Glas wurde durch die Nadel eingesaugt, um sicherzustellen, dass nichts verstopfte. Eine erheblich kleinere Menge Wasser wurde dann auf den Löffel mit dem Pulver gegeben. Stark zündete mehrere Streichhölzer gleichzeitig an, der Geruch von verbrennendem Schwefel stieg auf und bereitete ihm umgehend Übelkeit. Er bewegte den Löffel über der Flamme und das Pulver löste sich auf, verwandelte sich in eine dampfende, klare Flüssigkeit mit einer leicht bräunlichen Färbung.

Stark legte den Löffel vorsichtig auf dem Waschbecken ab und nahm ein winziges Stück Watte. Er rollte es zwischen Daumen und Zeigefinger zu einem festen kleinen Ball, den er in den blubbernden Junk tunkte. Mit zitternden Fingern drückte er die Spitze der Nadel auf die Baumwolle und saugte die Flüssigkeit auf. Er reichte Momo, dessen Augen schwarz glänzten, den Eyedropper und zog die Jacke aus. Dorie war zurückgekehrt, sie hielt den Strumpf auf Brusthöhe zwischen beiden Händen gespannt. Als Stark seinen Ärmel hochgekrempelt hatte, trat sie einen Schritt vor und wickelte das Nylon schweigend um seinen linken Bizeps. Sie streifte mit einer ihrer Brüste Starks anderen Arm, als sie sich vorbeugte.

»Fester«, befahl er und spürte, wie sich das Blut zu stauen begann. Obwohl es in diesem Moment Wichtigeres gab, war er sich ihres warmen Atems auf seiner Wange und der Nähe ihres Körpers sehr bewusst. Während sie ihren Griff verstärkte, wurde die blanke Brust unter dem dünnen Negligé fester an seinen Körper gedrückt. Er wusste, dass dieses fremde und unschuldige, so harte und hippe Mädchen versuchte, ihn anzumachen. Vielleicht glaubte sie, ihn manipulieren zu können. Dieser Gedanke ließ ihn lächeln, denn Sex war noch nie seine Schwäche gewesen. Junk war seine Schwäche. Für Weiber gab's zur Zeit keinen Platz in seinem Leben.

Er vergaß Dorie, als er die Nadel in die deutlich vorstehende Vene stach. Ein Blutfaden füllte den Eyedropper.

»Auf J. Edgar Hoover«, sagte er lächelnd und gab sich den Schuss.

Die Glut explodierte und durchflutete ihn fast augenblicklich. Es war ein schmetternder Schlag, der ihm die Knie weich werden ließ und ihn in ein fernes Land schickte.

»Gut«, murmelte er. »Wirklich gut.« Die Worte kamen kehlig und fast tonlos heraus. Er räusperte sich. »Guter Stoff, Momo. Der beste, den du je hattest. Ist das eine neue Sorte?«

Momo unterbrach seine Vorbereitungen. »Kommt

aus einer Lieferung, die ich heute reingekriegt hab. Der Boss hat gesagt, von jetzt an nur noch erstklassige Ware.«

»Das ist es«, sagte Stark mit blassem Gesicht und flatternden Lidern. Ihm brach der Schweiß aus. »Echt gut. Hat er auch gesagt, woher der neue Stoff kommt?«

»Nein. Aber du weißt selbst, wie Connections sind – die hören nie auf, mit ihrem Stoff zu prahlen.«

»Der hier hat jedenfalls das volle Recht dazu«, keuchte Stark. »Aber immer cool bleiben. Keine Überdosis nehmen. Vielleicht solltest du den Stoff für andere Kunden ein bisschen strecken.« Stark schwankte und spürte Übelkeit in seinem Bauch aufsteigen. »Ich setze mich lieber, bevor ich noch umkippe. Bin nebenan.«

Momo nickte, ohne aufzuschauen. Er war ganz darauf konzentriert, seinen eigenen Schuss aufzukochen.

Stark stolperte blind um Dorie herum, ging zu dem ungemachten Bett und streckte sich halb liegend darauf aus, den Rücken gegen das Kopfteil gelehnt und mit nach vorn auf die Brust gesacktem Kopf. Durch den euphorischen Dunstschleier konnte er hören, wie sie Momo zur Eile drängte, das Flehen eines weiteren Junkies, der unbedingt seinen Schuss brauchte.

Momo würde sich beeilen, davon war Stark überzeugt. Wie in einem Traum nahm er wahr, wie der fette Hawaiianer im Bad herumhantierte, während das Mädchen ungeduldig an seiner Schulter schwebte. Der Dealer bezahlte ihren Körper mit seinen Drogen. Ein nettes Arrangement. Alle sind glücklich.

Stark lächelte bei dem Gedanken, wie er an die Information herankommen könnte, die Crowley haben wollte. Dorie könnte es Momo in zehn heißen Sekunden abschmeicheln, wenn sie bei ihm auf die Tube drückte. Buchstäblich. Und er wiederum wäre später in der angenehmen Lage, Geschäftliches mit Vergnügen zu verbinden, wenn er die Information aus ihr herausvögelte. Nur, um Crowley vom Hals zu bekommen. Stark hievte sich hoch.

»Mann, das war knapp«, murmelte er.

»Was war knapp?« fragte Momo. Er war im Bad fertig und stand jetzt mit halb geschlossenen Augen in der Tür.

»Ich war drauf und dran, einzuschlafen. Scheiße noch mal, so sterben Leute ... driften einfach für immer weg. Gegen ein Nickerchen hab ich ja nichts, aber für das letzte große bin ich noch nicht bereit.«

»Ja, das fehlte noch ... in meiner Bude, wo ich anschließend zusehen muss, wie ich deine Leiche loswerde.« Momo verstummte, wischte sich nervös über die Augen und lächelte. »Ich bin froh, dass du mich gewarnt hast, nicht zu viel zu nehmen. Er hat echt keinen Scheiß geredet, was den Stoff betrifft. Gut möglich, dass ich mir zu viel gedrückt hätte. Ich glaube, für meine anderen Kunden werde ich den Stoff strecken müssen.«

»Ja, hab ich dir doch gesagt. Ich hab noch andere gute Geschäftsideen. Einen Typen wie mich könntest du gut gebrauchen. Ich weiß immer, wo noch was zu holen ist.«

Stark sah Momo an, der im Stehen vor sich hin döste, und beschloss, es einfach mal auf gut Glück zu versuchen. Mit der Tür ins Haus.

»Ich würde gern deine Connection kennenlernen und richtig groß einkaufen.«

Der Effekt war negativ. Momo grunzte spöttisch, wenn nicht misstrauisch. Verächtlich schüttelte er den Kopf. »Keine Chance«, sagte er und ging zu einem Sessel. »Aber wie kommt's, dass du plötzlich groß mitmischen willst?«

»Weil du plötzlich richtig guten Stoff hast.«

»Das macht keinen Unterschied. Wenn du einen Deal machen willst, dann kaufst du bei mir. Kleiner Deal, großer Deal, egal. Mein Mann will sich mit niemandem treffen.«

Stark zuckte mit den Achseln. »Ich wollte Geld sparen. Dein Verlust wäre mein Gewinn, weißt du, was ich meine?«

»Ja, weiß ich. Passt zu dir, dass ich dir helfen soll, mir Geld aus der Tasche zu ziehen. Willst du mein Konkurrent werden?«

»Nein. Dein Geschäftspartner. Ich hab da ein paar tolle Ideen.«

Momo verzog sein Gesicht. »Hör auf, ja? Wie ich schon sagte, der Mann will niemanden sehen. Wo hast du überhaupt das Geld her? Wenn du ein großes Ding gelandet hättest, dann hätte ich davon gehört. Du bist noch nicht lange genug draußen.«

Stark wiegelte ab. »Wir reden morgen drüber.«

»Wir können jederzeit reden, bringt aber nichts.«

Stark zuckte wieder mit den Achseln, akzeptierte müde die Abfuhr. Er hatte ja sowieso nichts erwartet. Er warf einen Blick auf seine Uhr.

»Wie auch immer, ich muss los. Hier passiert ja nichts mehr.« Er stand auf, zog den Reißverschluss seiner Hose auf und stopfte sich das Hemd in die Hose.

»Hey, Baby«, rief er Richtung Bad. »Ich mach'n Abgang.«

Dorie tauchte mit glasigem Blick in der Tür auf. Auf ihrem linken Arm zeigte ein winziger Blutstropfen die Einstichstelle der Nadel. Mit der anderen Hand griff sie nach Starks Jacke. »Vergiss die nicht. Wieso hast du's denn so eilig? Mach's dir doch gemütlich und genieß den Trip«, sagte sie herausfordernd.

»Ich muss mich noch um Geschäfte kümmern.«

»Krumme Dinger?«

»Nein, lukrative Dinger«, antwortete er, trat einen Schritt vor und kehrte ihr den Rücken zu. »Was dagegen?« fragte er und streckte die Arme nach hinten.

Dorie hob die Jacke schwungvoll hoch und streifte sie über seine Arme.

»So, und damit verabschiedet sich der Prinz der Dunkelheit«, sagte sie.

Stark ignorierte sie und ging zur Tür. »Wir sehen uns morgen, Momo.«

»Irgendwann nach zehn. Ich werde im Club sein.«

Stark drehte den Türknauf, dann wandte er sich noch einmal zu ihnen um, wobei ein Lachen um seine Mundwinkel spielte. Er sah Dorie direkt an. »Gute Nacht, Miss Williams. Es war mir eine große Freude, eine so kultivierte Person wie Sie kennenlernen zu dürfen. Und auch Ihnen eine gute Nacht, Mr. Mendoza. Sie sind ein wahrer Gentleman und Connaisseur.«

Er öffnete die Tür einen Spalt und schaute vorsichtig hinaus, die Macht der Gewohnheit. Niemand war auf dem schwach beleuchteten Flur zu sehen. Mit einem Blick zurück über die Schulter sagte er: »Schließt besser ab. In diesem Viertel laufen alle möglichen Freaks herum.«

Dorie errötete, als sie einen Schritt vortrat. »Ich werde zweimal abschließen, Mr. Stark.« Kaum hörbar fügte sie hinzu: »Du Drecksack.«

Die Tür wurde hinter ihm zugeschlagen, und Stark ging zur Treppe, wobei er laut genug lachte, dass sie ihn hören konnte.

4

Es war die Zeit der absoluten Stille, vor Tagesanbruch, wenn die Stadt wie tot wirkt und sich kein menschliches Wesen zu bewegen scheint. Die Zeit, in der das Scheinwerferlicht eines einzelnen Fahrzeugs das Gefühl von Einsamkeit eher verstärkt als mindert. Es war die Zeit, zu der die meisten, die noch unterwegs waren, entweder zur Polizei gehörten oder aber gegen das Gesetz arbeiteten. Es war Starks Lieblingszeit.

Stark hatte Momo und Dorie angelogen. Alles, was er zu tun hatte, war, einen Anruf zu tätigen, einen Überraschungsanruf. Darüber hinaus warteten nur Bett und Schlaf auf ihn, und er sehnte sich nach beidem. Den Anruf würde er vom Eric's aus erledigen, einem rund um die Uhr geöffneten Café am Coast Highway. Es befand sich auf direktem Weg zu seinem kleinen Apartment am Strand, dessen genaue Adresse er geheim hielt. So konnte niemand sie der Polizei stecken. Je weniger Menschen Bescheid wussten, desto besser.

Seine Bude würde sowieso nicht viel verraten. Einige Möbelstücke, die Bücher und die Gläser waren gestohlen. Er umgab sich gern mit schönen Dingen, ob er sie sich nun leisten konnte oder nicht. Seine Welt war ein beschissener Ort und wurde bewohnt von Raubtieren wie ihm selbst. Wenn er nach Hause kam, wollte er dem Dschungel entfliehen. Nach drei Jahren Gefängnis schätzte er seine Privatsphäre.

Nach einer nervenaufreibenden Fahrt durch dichten Nebel bog er mit dem Kombi auf den Parkplatz des Cafés ein. Es überraschte ihn nicht, als seine Scheinwerfer über Dummys glänzende rote Corvette strichen. Der Stumme kam oft her, wenn die Bars um zwei Uhr morgens schlossen, wie viele andere aus dem Dschungel: Zuhälter mit ihren Nutten, an Schlaflosigkeit leidende Junkies, die Benzedrin-Freaks mit ihren Eulenaugen, gelangweilte Diebe, die nichts Besseres zu tun hatten und Gesellschaft suchten, der eine oder andere Perverse auf der Suche nach einem Gefährten für besondere Spielchen. Sie tranken Kaffee, rauchten endlos Zigaretten und schwadronierten über die nächtlichen Deals. Stark kannte die meisten von Erics Gästen, zumindest dem Gesicht nach. Auch wusste er, dass er nicht wirklich zu ihnen gehörte, selbst wenn er hier akzeptiert wurde. Er spielte in einer anderen Liga, ein Wolf unter Geiern. Er hegte eine tiefe Verachtung gegen sie. Letzten Endes waren sie nur Penner, kleine Fische. Wenn die Jagd nach noch leichterer Beute sich als wenig erfolgversprechend erwies, hatte er kein Problem damit, sie abzukochen.

Er stellte den Wagen auf einen freien Platz neben der Corvette. Als er ausstieg, konnte er nicht widerstehen, die glänzende Kühlerhaube zu berühren. Sie strahlte Erfolg aus. Geld. Es erschien ihm ungerecht, dass ein Taubstummer, der sich ausschließlich für Klamotten, Dope und Sadomaso interessierte, so erfolgreich war, während er selbst gerade so über die Runden kam. Es war vermutlich nicht mal so, dass Dummy viel mehr verdiente, er hing nur eben nicht an der Nadel. Der Wagen und die Musikbox schienen seine einzigen Ausgaben zu sein, wenn man von dem einen oder anderen Joint mal absah.

Stark betrachtete die Corvette und fragte sich, womit Dummy sein Geld verdiente. Er war nicht so dumm, ihn einfach zu fragen. Er wusste, dass der Typ eine Kanone bei sich trug und diese auch schon benutzt hatte. Womit auch immer er seine Brötchen verdiente, es war gegen das Gesetz. Darauf würde Stark sein Leben verwetten. Keine besonders smarte Wette, das wusste er.

Während er sich der Glastür des Eric's näherte, sagte er sich, dass er es eigentlich gar nicht wissen wollte. Im Milieu sprach man offen über die abartigsten Sexualpraktiken, aber man sprach keinesfalls darüber, wie man seinen Lebensunterhalt verdiente. Und man fragte auch die anderen nicht danach. Es war so etwas wie ein ungeschriebenes Gesetz. Sie lebten in der gleichen Grauzone, hatten aber letztlich nichts miteinander zu tun. Dummy und er trafen sich zufällig, nachts, in den einschlägigen Lokalen, wechselten Worte in Zeichensprache, kommunizierten aber nicht. Niemand tat es. Sie waren wie Fremde. Es bestand ein engeres Verhältnis zwischen ihm und Dorie Williams als zwischen ihm und Dummy. Stark schüttelte den Kopf und drückte die Tür auf. Er verharrte, ließ seinen Blick über die Chrom-und-Glas-Sauberkeit des Cafés wandern und über die Verlierer und Möchtegerngewinner, die es bevölkerten.

Dummy saß allein in einer Nische im hinteren Teil

und stopfte sich den Mund mit Pfannkuchen voll, die in Sirup getränkt waren. Stark nickte dem einen oder anderen der Gäste zu und erreichte fast gegen seinen Willen Dummys Sitznische. Er rutschte ihm gegenüber auf die Bank, und sie begrüßten sich mit schnellen Fingerbewegungen und einem Grinsen. Dummys stechende blaue Augen registrierten sofort Starks durch das Heroin auf Stecknadelkopfgröße geschrumpfte Pupillen und gestikulierte lautlos. Stark zuckte mit den Achseln, und nachdem er sich einen Kaffee bestellt hatte, deutete er das Drehen einer Wählscheibe an und verschwand zu einer Zelle im hinteren Teil des Lokals. Dummy machte ihn nervös. Seine Augen ließen einen gefrieren. Er hatte das Gefühl, dass Dummy ihn ständig beobachtete. Hatte er gesehen, wie er zu dem Cop ins Auto gestiegen war?

Stark zog die Tür der Telefonzelle zu, warf eine Münze ein und grinste breit, während er wählte. Es war 3.30 Uhr morgens.

Es klingelte ein halbes Dutzend Mal am anderen Ende, bevor sich eine schläfrige Frauenstimme mittleren Alters meldete: »Bei Crowley.«

»Ich muss mit Crowley reden.«

»Er ist gerade schlafen gegangen«, sagte die Frau hörbar verunsichert. »Ist es wichtig?«

»Ja, Ma'am. Es geht um Leben und Tod.«

»Tja … ich denke, ich könnte ihn wecken. Aber er muss morgen vor Gericht erscheinen, also halten Sie ihn nicht unnötig lange auf.«

»Werde ich nicht, Miss …«

»Mrs. Crowley«, sagte sie ernst. Stark hielt sich eine Hand vor den Mund, lachte erst laut los, als der Hörer am anderen Ende auf den Tisch geknallt wurde.

Ein paar Minuten später hatte er die wütende Stimme von Patrick Crowley im Hörer: »Wer ist da?«

»Ernie Stark.«

»Ich hoffe, es gibt einen verdammt guten Grund, mich um diese Uhrzeit anzurufen.« Crowleys Ton schwankte zwischen Verärgerung und Neugier.

»Pat, ich habe versucht, für Sie an den Mann ranzukommen, aber es hat nicht geklappt.«

»Scheiße, ist das alles, weswegen du mich geweckt hast? Setz morgen deinen Arsch in Bewegung und komm aufs Revier. Ich hab die Schnauze gestrichen voll von deiner Scheiße.«

»Hören Sie, Lieutenant, Momo kann ich Ihnen direkt liefern. Genügt das nicht?«

»Verdammt, nein. Du bist ja eine noch üblere Plage als er.«

Sein Wutausbruch war nicht gespielt, und Starks Grinsen verblasste. Er schwieg kurz, schaute sich nervös um, sah, dass Dummy ihn durch die Glastür beobachtete. Wenn der wüsste, mit wem Stark sprach, hätte er sofort ein Messer im Bauch oder eine Kugel im Kopf.

»Ist das alles, was du für mich hast?« fuhr Crowley ihn wieder an.

»Nein. Ich wollte Ihnen noch sagen, dass Momo neuen Stoff reinbekommen hat. Erstklassigen Stoff. Sein Lieferant muss das Zeug direkt von außerhalb haben. Es ist die beste Scheiße, die ich je genommen habe, aber aus

Momo ist überhaupt nichts herauszubekommen. Ich hab's nach allen Regeln der Kunst versucht.«

»Ich rate dir dringend, die Informationen zu bekommen. Jetzt noch mehr als vorher.«

»Und was, wenn ich's nicht schaffe?«

»Es ist wie beim Kartenverkaufen. Du wirst nur bei Erfolg bezahlt. Wenn's nach mir ginge, würde ich dich lieber als jeden anderen, den ich kenne, in San Quentin sehen. Du bist nur eine kleine Ratte, die ich benutzen kann, um eine größere Ratte zu fangen. Wenn ich dich nicht mehr brauche, lasse ich dich so schnell fallen wie eine heiße Kartoffel. Die Zeit wird langsam knapp.«

»Hören Sie zu, Mann, irgendwie krieg ich's hin. Gut möglich, dass es eine Weile dauert, aber Sie bekommen Ihre Info. Setzen Sie mich nur nicht unter Druck. Wenn ich es nicht von Momo erfahre, knöpfe ich mir seine Braut vor.«

»Ist mir völlig gleich. Ich kriege mein Gehalt, ob du nun in den Bau gehst oder nicht. Wenn du ihn nicht kriegst, dann eben ein anderer. Ratten wie dich gibt's wie Sand am Meer.«

Stark schluckte, als Crowley auflegte. Plötzlich hatte er ein unangenehm angespanntes Gefühl im Bauch. Als er die Telefonzelle verließ, bemerkte er, dass Dummy ihn immer noch fixierte. Er schrieb irgendetwas auf eine Serviette. Stark kehrte an den Tisch zurück, fragte sich, ob Dummy ahnte, um was es bei dem Anruf gegangen war. Dummy reichte ihm die Papierserviette. Stark las: »Sei vorsichtig. Die Cops haben es auf dich abgesehen.«

Erleichtert wollte er die Serviette bereits in die Tasche

stecken, als ihm klar wurde, wie irrwitzig das war. Gleichzeitig begann der Stumme, fast unmenschlich röchelnd zu lachen. Stark grinste und warf das zusammengeknüllte Papier gegen Dummys Brust. »Sehr komisch«, seufzte Stark, aber es war überhaupt nicht komisch. Er aß einen Hamburger und trank Kaffee, beobachtete, wie Dummy wegfuhr. Als er fertig war, hatte sich seine Stimmung wieder gebessert, auch wenn er nicht wusste, warum. Der Nebel draußen war noch dichter geworden. Er steckte bis zum Hals in der Scheiße und musste einen Ausweg finden.

Als er nach weniger als fünf Stunden Schlaf am nächsten Morgen aufwachte, war ihm schlecht. Die Qualen des Entzugs begannen immer im Magen, und da war auch wieder dieser seltsame Schmerz in seinen Gelenken, der ihn inzwischen fast jeden Tag plagte. Die Abhängigkeit wurde stärker. Barfuß und nur mit Shorts bekleidet stieg er aus dem Bett und fischte seinen Drogenvorrat und das Besteck aus dem Geheimfach, das er in die Unterseite der Schranktür gebohrt hatte. Er setzte sich einen Schuss, nahm ein Bad, dann rasierte er sich und rauchte die erste Zigarette des Tages. Solange der Flash noch anhielt, trank er drei Tassen heißen Kaffee. Ohne nachzuschauen wusste er, dass sich in seiner Brieftasche nur noch einhundertfünf Dollar befanden, nicht viel für einen Junkie. Er musste auf die Schnelle ein Ding durchziehen, nichts Ausgefallenes. Er zog seine Arbeitskleidung an: eine saubere, kakifarbene Hose, schwere Schuhe und ein weißes T-Shirt unter einer Lederjacke mit Pelzkragen.

Noch vor 11.00 Uhr morgens war er schon ein gutes Stück nördlich von Oceanview auf dem Pacific Coast Highway, durchquerte die am Strand gelegenen Orte, die sich in einer langen Reihe von Los Angeles aus nach Süden zogen. In einem Spirituosenladen kaufte er zwei Flaschen guten Kentucky Bourbon, wobei er eine Marke mit ungewöhnlicher Flaschenform wählte.

Südlich von Long Beach parkte er vor einer Cocktail-Lounge und schob sorgfältig die Papiertüte so zurück, dass die Flaschenhälse deutlich sichtbar waren. Mit der Tüte unter dem Arm ging er in das Lokal. Die schummrig beleuchtete Lounge war bereits geöffnet. Der sommersprossige Barkeeper mit schütterem Haar putzte träge den Schriftzug »Bon Ami« auf dem langen Spiegel hinter der Theke. Ein älterer Chinese mit faltigem Gesicht wischte mit einem feuchten Mopp unter den mit grünem Vinyl gepolsterten Bänken der Sitznischen.

Drei Gäste saßen am hinteren Ende der Theke. Sie hatten allesamt rote Augen und tranken Bloody Mary. Zwei von ihnen waren Geschäftsleute mittleren Alters in zerknitterten Anzügen. Sie mussten sich dringend rasieren. Der dritte Gast war eine Blondine mit zerzaustem, gebleichtem Haar. Für Stark war es offensichtlich, dass sie eine Professionelle war. Er fragte sich, ob sie wohl einen ausgiebigen Dreier im Motel hinter sich hatten. Sie sahen aus, als wären sie die ganze Nacht wach gewesen.

Das Trio spielte für Stark keine Rolle. Allein der Barkeeper und vielleicht noch der Inhaber zählten. Er stellte die Tüte mit den Bourbon-Flaschen auf die Theke und wartete ein paar Sekunden, bis der Barkeeper herübergekommen war. Der Mann lächelte. Stark wartete.

»Was darf's denn sein?«

»Ein Bier vom Fass … Kleines Glas.«

»Wir haben nur Flaschen.«

»Was kostet die billigste?«

Die Frage ließ den Barkeeper die Stirn runzeln und die Nase rümpfen. Er hatte offensichtlich eine Abneigung gegen sparsame Kunden.

»Fünfzig Cents«, sagte der Barkeeper. Sein Blick wanderte zu der Papiertüte. Er sah die Flaschen und erkannte die Marke an der Halsform. Neugier huschte über sein Gesicht. Stark entging das nicht. Keiner sagte etwas, und der Mann ging das Bier holen.

Als er zurückkehrte, war Stark bereit. Er fischte einen Vierteldollar aus seiner Tasche und schob ihn bedächtig über die Theke.

»Verdammt gern würde ich trinken, was ich hier inner Tüte hab.« Er sprach nasal, mit einem schleppenden Südstaatendialekt, und schmatzte am Ende des Satzes.

»Gehört das nicht dir?«

»Irgendwie schon … wenn ich 'nem Freund drei Dollar dafür geb. Aber ich krieg erst nächste Woche wieder Kohle. Scheiße, Mann, is' echt die Hölle, wenn man dauernd malochen muss.« Starks Augen waren rund und ausdruckslos wie Untertassen.

»Drei Dollar!« sagte der Barkeeper. »Das ist die Hälfte vom Einkaufspreis.«

»Klar, aber ich muss es verkaufen. Brauch das Geld.«

»Hast du schon einen Käufer?«

»Ja. Ein Kerl oben in Long Beach. Hab ihm letzte Woche zehn Flaschen verkauft.«

»Nach Long Beach sind es zwanzig Meilen. Du kannst auch direkt hier verkaufen. Ich geb dir drei fünfzig die Flasche.«

Stark überlegte. »Ich weiß nicht. Ich meine, ich bin irgendwie verpflichtet … Andererseits ist es natürlich viel Fahrerei, für nur drei Dollar. Eigentlich noch nicht mal den Sprit wert. Aber ich muss erst hören, ob er mehr haben will, vielleicht sogar viel mehr. Mein Freund braucht Geld … Seine Frau lässt sich von ihm scheiden und er hatte einen Unfall.« Stark faselte weiter, zählte laut alle möglichen Argumente auf.

»Wie viel kannst du denn besorgen?« unterbrach ihn der Barkeeper, während die Leute am hinteren Ende der Theke versuchten, auf sich aufmerksam zu machen.

»Scheiße auch, keine Ahnung«, sagte Stark, trank einen Schluck Bier und wischte sich mit dem Handrücken über den Mund.

»Schätze mal, ein ganzes verdammtes Lager – Scotch, Bourbon, Brandy, egal was … Er hat noch nie mehr als zehn oder zwölf Flaschen bestellt, aber nicht, weil er es nicht losbekäme. Bisher hat er einfach das Geld nicht gebraucht.«

Der Barkeeper hörte aufmerksam zu, versuchte, die Situation abzuwägen.

»Hey, Barkeeper!« rief die Blondine. »Wie wär's mit 'nem Drink?«

»Geh nicht weg«, sagte der Barkeeper zu ihm. »Sobald ich mich um die Leute gekümmert habe, reden wir über die Sache.« Er entfernte sich, um die Bestellungen der Frau und der beiden Männer entgegenzunehmen.

Stark hatte nicht die Absicht zu gehen. Er betrachtete sein Spiegelbild und zwinkerte sich zu. Es lief gut, erheblich besser als gedacht. Den Köder nur kurz ausgeworfen, und schon hatte er den Fisch an der Angel. Der Haken saß bereits richtig tief. Jetzt hieß es, schön mitspielen und den Fang einholen. Die ganze Sache konnte in zwei kurzen Treffen durchgezogen werden, verlangte nicht wie sonst eine ewige Vorbereitungszeit. Und er brauchte Kohle – und zwar schnell.

Stark wartete, bis der Barkeeper an der Kasse war, dann rutschte er vom Stuhl, schnappte sich die Tüte und schlenderte geruhsam zur Tür.

»Hey, Mister«, rief der Barkeeper und kam ihm hinterher. »Warum so eilig? Ich dachte, wir reden über Geschäfte. Setz dich und trink ein Bier aufs Haus.«

Wieder bekam Stark große, runde Augen und einen naiven Blick, als er sich zurück auf einen Barhocker setzte.

»Ist das dein Ernst? Hab keine Zeit für leere Worte. Muss meinem Kumpel helfen.«

»Ich mein's ernst … Vielleicht kauf ich ja den ganzen Schwung auf einmal. Aber du musst mir noch ein paar mehr Details erzählen, ein paar Fakten.«

»Also, die Sache ist so … Ich bin George Splivens. Wie heißt du?« Stark streckte die Hand aus, bevor er mit seiner Geschichte begann …

5

Zwei Stunden später war Stark wieder in Oceanview und fluchte frustriert, als er herausfand, dass sein gewohnter Partner für solche Nummern derzeit in Las Vegas war. Nicht, dass der Mann ein Freund gewesen wäre. Er war ein rücksichtsloser Wolf, der andere schon so lange aufs Kreuz legte, dass er glaubte, die ganze Welt sei nichts anderes als leichte Beute.

Für dieses Spiel brauchte Stark jemanden, der ihm half, das Ding zu Ende zu bringen. Es lief besser, als er erwartet hatte. Der Vollidiot war bereit, sofort abgekocht zu werden, bettelte ja fast darum, seine Kohle abzugeben.

Stark warf einen Blick auf seine Uhr. Es war bereits früher Nachmittag. Sofern er nicht in der nächsten halben Stunde einen anderen Partner fand, würde er die Sache um mindestens einen Tag verschieben müssen, und das wollte er nicht. Er hatte die Witterung seiner Beute aufgenommen. Leider fingen auch die größten Penner irgendwann an nachzudenken.

Er fuhr mit dem Kombi zum Panama Club. In der verwahrlosten Höhle hoffte er Momo zu finden. Der würde die Rolle spielen können und war vielleicht bereit, es für ein Drittel der Beute zu tun. Außerdem konnte das bei Momo ein Türöffner sein.

Stark warf einen Blick hinein. Drinnen war es, wie in

jedem billigen Nachtclub bei Tageslicht, tierisch deprimierend. Die einzige Anwesende war eine müde Nutte, die über der Theke hing. Stark ließ die Tür zuschwingen. Wahrscheinlich war Momo immer noch mit Dorie in seiner Wohnung. Das konnte er ihm auch nicht verübeln.

Bevor er losfuhr, musterte Stark seine Umgebung. Und erstarrte. Crowley parkte in zweiter Reihe auf der anderen Seite des Boulevards. Der Detective winkte ihn mit einer fleischigen Pranke herüber.

»Mein Gott«, murmelte Stark, »am helllichten Tag … dieser Idiot.« Er schaute die Straße hinauf und hinunter, vergewisserte sich, dass keiner in der Nähe war. Zu sehen war niemand, aber natürlich konnte immer mal jemand zufällig aus einem Fenster blicken. Stark hasste es, in aller Öffentlichkeit mit einem Cop gesehen werden zu können. Er schüttelte ablehnend den Kopf und machte eine Handbewegung, dass Crowley verschwinden sollte. Das Bulldoggengesicht errötete, aber schließlich nickte der Polizist. Er deutete den Block entlang, gab zu verstehen, dass Stark sich ein Stück weiter unten mit ihm treffen sollte. Stark nickte, und der Ford setzte sich in Bewegung.

Stark wartete nicht ab, um zu sehen, wo der Wagen anhielt. Seine Angst war verschwunden. Schon als er zustimmend nickte, hatte er beschlossen, die Aufforderung zu ignorieren. Er stieg aus und ging wieder in den leeren Club, schlängelte sich zwischen den Tischen hindurch und verschwand durch die Küche hinaus auf die Gasse. Crowley würde stinksauer sein, aber ihm würde schon etwas einfallen. Mit einer guten Geschichte ließ sich jeder

Cop besänftigen. Er musste sich nur etwas überlegen. Im Augenblick war es wichtiger, Momo zu finden und ein bisschen Geld zu verdienen.

Seinen Wagen ließ er am Bordstein geparkt stehen. Später konnte er ihn immer noch abholen. Er rief sich ein Taxi. Aus Gewohnheit stieg Stark einen Block vor seinem Ziel aus. Die kurze Entfernung legte er mit schnellen Schritten zurück, und als er die Treppe erreichte, lief er die Stufen hinauf. Er atmete schwer, als er sachte an die Tür klopfte – statt einfach dagegen zu hämmern. In der paranoiden Welt der Junkies bedeutete das für gewöhnlich die Bullen. Die Stimme von Dorie Williams drang gedämpft durch das Holz:

»Wer ist da?«

»Ernie Stark.«

»Momo ist nicht da.«

»Scheiße«, brummte er. »Wann kommt er zurück? Ich muss ihn dringend sprechen.«

Dorie deutete die Dringlichkeit der Situation falsch. »Du musst noch mal wiederkommen. Ich kann dir nichts verkaufen. Er will nicht, dass ich deale.«

»Ich will mir keinen Schuss setzen. Ich brauche Momo. Wann erwartest du ihn zurück?«

Zögern hinter der Tür. Stark konnte sie sich gut vorstellen, ein unschlüssiges Gesicht, vielleicht kaute sie an einem Fingernagel, grüne, trübe Augen.

»Ich muss es wissen«, drängte Stark. »Ich brauche ihn für einen Job.«

»In zwanzig oder dreißig Minuten müsste er eigentlich zurück sein.«

»Lass mich rein. Ich warte auf ihn.«

Wieder zögerte sie, allerdings nicht sehr lange. Das Schloss wurde mit einem Klicken geöffnet, der Sicherheitsriegel zurückgeschoben, dann schwang die Tür nach innen auf. Stark trat ein, das Mädchen schloss sofort wieder ab und klemmte einen Stuhl unter den Türknauf.

In der Mitte des tristen Raums blieb Stark stehen und beobachtete amüsiert ihre Sicherheitsvorkehrungen, genoss den Anblick ihrer kräftigen Oberschenkel und ihres hübschen runden Hinterns, der sich deutlich unter ihrer engen weißen Capri-Hose abzeichnete. Diese Kleidung brachte ihren aufregenden Körper noch besser zur Geltung als das Bettlaken in der vorhergehenden Nacht. Sie drehte sich zu ihm um.

»Du bist ein vorsichtiges Mädchen«, sagte er sarkastisch.

»Besser vorsichtig als im Knast landen.«

»Oh, ich bin sicher, dass die Bullen reinkommen, wenn sie reinkommen wollen. Da mach dir mal keine Sorgen. Ich habe Bullen schon durch mehr als eine Tür krachen sehen.«

»Vielleicht … aber es wird sie lange genug aufhalten, dass ich alles im Klo runterspülen kann.«

»Viel Glück. Was mich betrifft, ich denke, ich stehe mehr auf Risiko, auf den Tanz am Abgrund. Das macht mehr Spaß.«

»Nichts für mich. Außerdem dreht Momo durch, wenn ich nicht vorsichtig bin.«

»Du musst dich nicht entschuldigen, wenn du Angst vor den Bullen hast – oder vor Momo.«

»Hab ich auch nicht«, fauchte sie und wurde rot. »Scheiße, Mann, warum pisst du mich an?«

»Vielleicht aus dem gleichen Grund, warum es dich so schnell auf die Palme bringt. Weil du nämlich selbst ziemlich flott mit der Nadel bist«, gab er betont lässig zurück und unterstrich das Ganze mit einem anzüglichen Grinsen. Die Zweideutigkeit war durchaus beabsichtigt.

»Okay, ich stehe eben auf Dope. Aber du doch auch.«

»Ja, aber ich bezahle lieber cash dafür.«

Dories Gesicht verfinsterte sich, was Stark verwirrte. Er hatte es als kleine Stichelei gemeint, und ihre Reaktion überraschte ihn. Ihre Beziehung zu Momo hätte ihr nicht peinlich sein müssen. Langsam dämmerte ihm, dass er einen wunden Punkt getroffen hatte. Er lächelte.

Sie sah ihn an, als wüsste sie, worauf er wartete.

Eine halbe Minute starrten sie sich an, jeder wartete darauf, dass der andere einen Schritt machte. Er sah, wie sich ihr BH unter ihrer dünnen Bluse abzeichnete. Sie stand da, breitbeinig wie ein Mann, mit ihren langen Beinen, und während die Röte auf ihren Wangen nachließ, warf sie trotzig ihren Kopf zurück. Langsam nahm sie ihre Hände hinter den Rücken, wodurch ihre vollen Brüste noch deutlicher vorstanden.

»Kommen wir zur Sache«, flüsterte sie, während sie langsam ihre Bluse aufzuknöpfen begann. Als sie den letzten Knopf offen hatte, streifte sie sie einfach ab.

Sie stand da und ließ sich von ihm mustern, atmete langsam und tief ein. Sie hatte eine äußerst schmale Taille, breite Hüften, und die Hose schmiegte sich an jede Kurve ihres Körpers. Langsam öffnete sie den Knopf ihrer Hose, wackelte mit den Hüften und streifte sie nach unten ab. Sie starrte ihn an, spöttisch, verführerisch.

Stark bewegte sich nicht. »Dafür haben wir jetzt keine Zeit«, sagte er.

Dorie erstarrte. Sie richtete sich auf, die Verwirrung war ihr deutlich ins Gesicht geschrieben.

»Zieh dich wieder an«, sagte er. »Wir kommen schon noch dazu, später. Wenn ich dich will.«

Es dauerte einige Sekunden, bis sie begriff. Dann hob sie die Bluse mit einer hastigen Bewegung auf und funkelte Stark wütend an.

»Du Bastard«, sagte sie. »Du elender Bastard. Du hast mich verarscht ...« Sie unterdrückte weitere Worte und zog die Capri-Hose hoch, was schwierig war, da sie die Bluse noch in der Hand hielt. »Wieso bist du so überheblich? Du bist nicht mehr als ein kleiner Gauner. Und billige Nutten gewohnt. Du würdest was richtig Gutes nicht mal erkennen, wenn du's direkt vor der Nase hättest.«

Obwohl sein Körper vor Begehren schmerzte, war dies weder die richtige Zeit noch der richtige Ort. Er genoss ihre Wut. Dadurch fühlte er sich ihr überlegen. Als hätte er das Sagen.

»Die Hölle kennt nicht solche Wut ...«, spottete er.

Dorie drehte sich von ihm weg, schlüpfte in die Bluse. Mit großen Schritten ging sie zu einem der schmutzigen Fenster zur Straße raus und griff an ihren Rücken, um die Knöpfe zu schließen. Stark sah, dass sie damit Schwierigkeiten hatte. Leise trat er hinter sie.

»Lass mich«, sagte er. »Ich mache das.«

Sie antwortete nicht, ließ die Hände aber sinken. Während er an den Knöpfen herumfummelte, berührte Stark mit seinen Lippen ganz leicht ihr Ohr. Sie rührte sich nicht, weder um seine Berührung anzunehmen, noch um sie zurückzuweisen. Sie ignorierte ihn einfach.

»Sei nicht sauer, Baby«, flüsterte er.

»Du bist ein verfluchter Junkie.«

»Auch nicht verfluchter als du. Es geht jetzt eben nicht, weil gleich dein Lover zurückkommt.«

»Er ist nicht mein Lover. Er ist gut zu mir.«

»Komm schon, Baby, du musst nicht lügen. Vielleicht ist er gut, aber ein Freier ist er trotzdem.«

»Nein, ist er nicht. Ich bin keine Hure.«

»Dann sag mir, dass du ihn liebst. Oder vögelst du nur mit ihm rum? Fünf Minuten nachdem wir uns kennengelernt hatten, hast du gesagt, du würdest mit mir kommen, wenn er eingelocht würde.«

»Wenn er eingelocht wird, muss ich schließlich irgendwohin. Nach Hause kann ich schlecht. Mein Vater ist Priester. Abgesehen davon ist Momo immer anständig zu mir gewesen.«

Stark runzelte die Stirn. Diese Verteidigung kam völlig unerwartet. Vielleicht bedeutete ihr der fette Hawaiianer ja doch etwas. Es blieb keine Zeit, weiter darüber zu reden. Als er aus dem Fenster schaute, rollte Dummys Corvette an den Bordstein, und Momo stieg aus. Er verschwand unter ihnen im Hausflur. Mit aufheulendem Motor fuhr der Sportwagen weiter.

»Wenn man vom Teufel spricht …«, sagte Stark und ließ Dorie so beiläufig los, wie er sie berührt hatte.

6

Stark saß auf einem Stuhl, der zur Wand gekippt war, und hatte die Beine vor sich ausgestreckt, als Dorie Williams die Tür für Momo öffnete.

»Er hat behauptet, er müsste geschäftlich mit dir reden«, verteidigte sie sich, als sie Momos wütenden Blick registrierte. »Er hat gesagt, es geht nicht um Stoff, und es wäre wichtig.«

Ruckartig sah Momo zu Stark rüber und stellte damit eine Frage, ohne zu sprechen.

»Falls du ohne jedes Risiko leicht und schnell Geld verdienen willst, hab ich einen verflucht guten Vorschlag für dich«, sagte Stark.

Momo grunzte genervt. Das konnte kaum an seinen Worten liegen, die hatte Momo nur am Rande mitbekommen. Es war die Reaktion eines hässlichen Mannes, der sich eines hübschen Mädchens nicht sicher war und misstrauisch darauf reagierte, einen anderen Mann in seinem Haus vorzufinden.

»Besonders begeistert klingt das nicht«, sagte Stark.

»Bin ich auch nicht. Du bist ein Schwindler. Ein guter. Zu gut. Wo ist der Haken?«

Stark verzog den Mund und schüttelte fassungslos den Kopf. Er achtete darauf, Dorie nicht anzusehen, die sich unauffällig in der Badezimmertür herumdrückte.

»Ich hab dir doch gesagt, das ist leicht verdientes Geld«, sagte Stark. »Ich brauche Hilfe bei einem bombensicheren Ding. Mein Partner ist gerade nicht in der Stadt, und da dachte ich, vielleicht hast du Lust mitzumachen. Außerdem möchte ich dir zeigen, wie gut ich geschäftlich bin. Du würdest fünf Riesen machen, für ein paar Stunden Arbeit.«

»Warum willst du mich dafür?« fragte Momo mit einem immer noch misstrauischen, allerdings nun auch neugierigen Blick. Die genannte Summe gefiel ihm.

»Du kannst dir nicht vorstellen, dass jemand dein Freund sein möchte und dir vertraut, oder? Also sagen wir einfach, ich möchte meine Connection bei Laune halten.«

Momo grinste spöttisch über das, was Stark da sagte.

»Momo, ich würde dem Typ nicht vertrauen. Er ist ein Scheißkerl«, sagte Dorie.

»Hör nicht auf die Braut. Was versteht die schon von Geschäften? Diese Sache ist völlig easy. Ich hab die Arbeitsklamotten unten im Auto. Lass mich die Sache erklären und dann sehen wir, was du davon hältst …«

Zwanzig Minuten später lehnte Stark an der Scheibe einer Telefonzelle und wählte die Nummer der Cocktail-Lounge am Coast Highway. Momo stand in der Tür der Zelle. Beide Männer waren nervös.

»Christy's Lounge«, meldete sich der Barkeeper, »Al am Apparat.«

»Hey Al … George Splivens hier, der Bursche, der heute Morgen bei dir war.«

»Ja«, er klang aufgeregt, »klappt's?«

»Zuerst wollte er nicht. Ich hab mir den Mund fusselig geredet. Er hatte Angst wegen seinem Job und den Cops und allem. Hab ihm gesagt, du bist ein alter Freund von mir und so weiter ...«

»Was ist dabei rausgekommen?« unterbrach ihn Al ungeduldig. »Ist alles okay?«

»Wollt's dir doch gerade erzählen. Er hat sich erst angestellt, aber ich hab ihn überredet. Kannst du so schnell wie möglich mit dem Geld runter nach Oceanview kommen?« Es folgte ein kurzes Schweigen.

»Wie schnell?«

»Fünfundvierzig Minuten?«

»Das ist ziemlich schnell. Ich muss erst jemanden finden, der hier auf den Laden aufpasst. Der Inhaber weiß nichts von dem Deal.« Stark konnte sich Als Vorfreude gut vorstellen. Er zwinkerte Momo zu. Es war klar, dass der Barkeeper beabsichtigte, dem Besitzer für den Alk den normalen Einkaufspreis in Rechnung zu stellen und damit einen guten Gewinn einzustreichen. Es war die älteste Regel der Welt: Mit Ausnahme des Letzten in der Kette macht jeder seinen Schnitt.

»Es muss aber so schnell gehen. Scheiße, ich musste wie ein alter Medizinmann auf meinen Kumpel einreden, und es kann sein, dass er einen Rückzieher macht, wenn er zu lange darüber nachdenkt.«

»Ja, okay. Abgemacht. Fünfzehnhundert Dollar. Wo treffen wir uns?«

»Hast du einen Laster?«

»Ich kann mir vom Fernsehladen nebenan einen

Lieferwagen ausleihen. Hab schon mit dem Kerl geredet.«

»Dann komm runter nach Oceanview … Kennst du Johnson's Spirituosenladen?«

»Nein.«

»In der Beale Street. Liegt direkt an der Hauptstraße. Du parkst gegenüber auf der anderen Straßenseite. Wir warten auf dich. Bring das Geld mit.«

»Okay. In einer halben Stunde bin ich da.«

»Ja, bis dann.«

Mit einer schwungvollen Handbewegung ließ er den Hörer auf die Gabel fallen und schlug Momo vergnügt auf die Schulter. »Komm, wir trinken noch einen auf die Schnelle, und ich erzähle dir, was du zu sagen hast. Der Trottel ist in dreißig Minuten da. Du musst dir vorher noch die richtigen Klamotten anziehen.«

Zum verabredeten Zeitpunkt wartete Stark auf dem Bürgersteig, wo Al parken sollte. Das große Backsteingebäude, das Lagerhaus und Büros von Johnson's beherbergte, befand sich auf der anderen Straßenseite. Dort stand Momo, verborgen im Schatten einer geschlossenen Tür, nicht zu sehen von dort, wo Stark stand.

Stark stopfte die Hände in die Taschen seiner kakifarbenen Hose und stützte einen Fuß gegen die Wand. Für jeden, der ihn zufällig registrierte, sah er aus wie einer der vielen Arbeiter. Eine Gestalt, die keinen zweiten Blick auf sich zog. Doch seine Augen waren nicht stumpf, sondern bewegten sich ständig, musterten sorgfältig jeden Lieferwagen, der vorbeifuhr. Er wusste, dass viele von ihnen Waren enthielten, die auf dem Schwarzmarkt, wo er viele Hehler kannte, gute Preise bringen würden. Zu seinen üblichen Jobs gehörte, sich einen dieser Lieferwagen herauszugreifen, besonders solche mit Kleidung für Einzelhandelsgeschäfte, und zu verfolgen. Selbst wenn es den ganzen Tag dauerte, früher oder später machten die Fahrer immer einen Fehler und parkten bei einem Zwischenstopp an einer für Stark günstigen Stelle. In den wenigen Minuten, die die Fahrer brauchten, um auf die Toilette zu gehen, konnte Stark Anzüge oder Kleider im Wert von gut tausend Dollar mitgehen lassen. Es ging schnell und einfach, außer einem Stemmeisen, gutem Timing und Unverfrorenheit war nichts erforderlich.

Jetzt musterte er beiläufig die vorbeifahrenden Autos, um zu sehen, ob etwas dabei war, das er sich an einem anderen Tag noch mal vornehmen könnte. Er würde sich den Firmennamen eines aussichtsreichen Kandidaten einprägen. Stark hatte ein ausgezeichnetes Gedächtnis, hatte er schon immer gehabt, schon in der Schule. Er hätte aufs College gehen können, aber Verbrecher zu sein war aufregender. Es pumpte Adrenalin in seine Adern. Das war allemal besser, als für irgendwelche Prüfungen zu pauken.

Ein paar Minuten später hielt ein blauer Lieferwagen mit dem Namen einer Reparaturwerkstatt für Fernseher am Bordstein. Durch die Windschutzscheibe war Al zu erkennen. Stark stieß sich von der Wand ab und trat schnell an die Beifahrerseite des Wagens. Er öffnete die Tür und stieg ein.

»Hey, altes Haus«, sagte er und grinste breit.

Al zappelte nervös herum und umklammerte verkrampft das Lenkrad. »Ist alles in Ordnung?« fragte er angespannt.

»Klar, nur keine Panik, Mann. Das Ding hier ist so einfach, wie 'nem Baby den Schnuller zu klauen.«

»Du hast gut reden. Du verstößt ja auch nicht gegen das Gesetz. Das Risiko liegt allein bei mir. Bei mir und deinem Freund. Wo ist er überhaupt?«

»Scheiße, Mann, ich hab hier zwar kein Risiko, aber dafür verdien' ich ja auch praktisch nichts dabei. Hab ich alles nur für meinen Kumpel gemacht. Für mich springt bei diesem Deal fast gar nichts heraus. Das scheinste aber irgendwie nicht so zu schätzen zu wissen.«

Al sah ihn verlegen an. »Du hast recht, Mann. Tut mir leid. Ich bin nur nervös. Aber wo steckt er?«

»Müsste eigentlich jeden Moment da sein.«

Fast aufs Stichwort tauchte Momo aus dem Eingang auf. Er hatte eine glänzende, blaue Uniform an, wie sie von Tankstellenpersonal oder Paketzustellern getragen wurde. Auf die Brusttasche des Hemdes war aufgestickt: JOHNSON'S SPIRITUOSENGROSSHANDEL. Die Uniform schimmerte im Licht der Nachmittagssonne. Er wartete eine Lücke im Verkehr ab und kam dann herüber. Stark hatte die Klamotten einem früheren Mitarbeiter der Firma für hundert Mäuse abgekauft. Es war die beste Geldanlage, die er je gemacht hatte.

»Ist er das?« fragte Al.

»Klar. Bei Gott, er ist ein guter Junge. Würd' noch sein letztes Hemd hergeben.« Al beobachtete, wie Momo sich näherte. Stark lehnte sich weit zurück und musterte Als gerötetes Gesicht im Profil. Er suchte nach einem Anflug von Verdacht oder Misstrauen, doch da war nichts.

Momo ging vor dem Kühler des Lieferwagens herum zur Beifahrerseite, wo Stark saß. Er machte die Tür nicht auf, sondern stieg nur aufs Trittbrett und warf einen Blick in die Fahrerkabine.

»Ist zu riskant hier. Eines der Mädchen könnte mich vom Bürofenster aus sehen. Ist das der Bursche, Spliv?«

»Ist er.«

Momo beäugte Al mit gespieltem Misstrauen. »Ich weiß immer noch nicht …«

»Er ist in Ordnung. Al ist mein Kumpel«, sagte Stark. Trotzdem wäre er fast zusammengezuckt, als er Momo ansah. Er wirkte so finster wie ein mexikanischer Killer.

»Schätze, dann wird's wohl okay sein«, sagte Momo. Er sah Al an. »Hat George dir gesagt, was du machen musst?«

»Mehr oder weniger.«

»Ich bin Vorarbeiter an den Laderampen hinten. Ich stelle die Lieferungen zusammen. Du fährst jetzt hinten rein, parkst irgendwo am Westausgang, und von da ab kümmere ich mich um alles. Du kriegst zwanzig Kisten erstklassigen Bourbon. Gib George gleich das Geld. Ich will es da hinten nicht bei mir haben. Er wird dir genau sagen, was du zu tun hast. Ich kann nicht mehr länger bleiben.« Ehe Al protestieren konnte, verabschiedete Momo sich mit einem kurzen Nicken und verschwand hinter dem Lieferwagen. Stark sah, dass der Barkeeper verwirrt war, und fing, damit er Momo nicht etwa zurückrief, schnell zu reden an.

»Is' nicht gut, wenn jemand zufällig mitbekommt, wie er mit dir quatscht. Die können aus dem Fenster sehen, dass du jetzt direkt reinfährst. Fänden die vielleicht komisch.«

»Ja, wahrscheinlich hast du recht«, sagte Al und nahm widerwillig den Blick von dem sich schnell entfernenden Mann. »Aber viel hab ich von ihm jetzt nicht mitgekriegt. Ist er Mexikaner?«

»Er ist zwar dunkelhäutig, stammt aber eigentlich aus Hawaii. Er wollte dich nur kurz sehen – sich vergewissern, dass du okay bist. Ich sag dir jetzt, was du tun musst.«

»Habt ihr das schon mal gemacht, oder einer von euch?«

»Nee, wir machen so was nicht ständig. Aber wir haben schon oft und viel darüber gequatscht. Kann eigentlich nichts schiefgehen.« Stark streckte eine Hand aus und legte sie beruhigend auf Als Schulter. »Hör mal, Mann, dir geht ja die Muffe wie 'nem alten Stier. Ist schon okay. Er regelt das da drinnen.«

Al lachte leise, entspannte sich plötzlich. »Vielleicht mache ich mir wirklich zu viele Gedanken. Also, was soll ich tun?«

»Du gehst jetzt durch die Tür da drüben und füllst einen Bestellschein für zwei oder drei Kisten Whiskey aus. Die bezahlst du und bekommst dafür Papiere. Damit gehst du dann nach hinten … damit die Leute sehen, wie du sie Willie gibst. Der sagt denen dann, was sie dir in den Lieferwagen laden sollen.«

»Ich fahre den Wagen nach hinten?«

»Genau. Es sei denn, du willst das Zeug nach Hause tragen.«

»Nee, bestimmt nicht.« Al war jetzt ausgesprochen guter Dinge. Er schüttelte den Kopf. »Wenn das alles ist, dann ist es ziemlich einfach. Wo wirst du sein?«

»Tja, also, ich komme nicht mit dir nach hinten. Ein paar von denen da wissen, dass ich mit Willie befreundet bin. Ich werde hier warten, bis du aus dem Büro kommst, dann kriege ich das Geld und zieh ab.«

Al nickte. »Wann lege ich los?«

»Jetzt. In ungefähr dreißig Minuten machen die zu. Und Willie ist in diesem Augenblick wahrscheinlich schon nervös wie 'ne Katze aufm heißen Blechdach.«

Al kam jetzt schnell in die Gänge. Nachdem er kurz auf seine rechte Tasche geklopft hatte (Stark registrierte die Bewegung und wusste sofort, dass das Geld dort drinnen war), stieg er aus dem Lieferwagen, überquerte die Straße und verschwand in dem Gebäude. Stark schaute ihm nach; dann steckte er sich eine Zigarette an, stieg aus und postierte sich neben dem Lieferwagen. Er wollte bereit sein, wenn Al zurückkehrte.

Der Barkeeper strahlte über das ganze Gesicht, als er wiederkam. In der Hand hielt er das Bestellformular in dreifacher rot-gelb-weißer Ausfertigung. Er kam zu Stark herüber.

»Wie ist es gelaufen?«

»Wie Butter. Wie du gesagt hast. Mann, das können wir jetzt regelmäßig machen.«

»Ich weiß nicht, ob mein Kumpel da mitzieht. Wir machen das jetzt nur, weil er unbedingt das Geld braucht ... Apropos, du gibst es mir jetzt besser. Ich will nicht, dass du am Ende noch mit dem Stoff und unserer Kohle abhaust.« Stark streckte beiläufig eine Hand aus, doch seine Augen registrierten jede Bewegung, die die Bedenken des Mannes verraten konnten. Einen kurzen Augenblick war da so etwas wie Unsicherheit.

»Ist ja nicht für mich. Mein Kumpel hat gesagt, ich soll's nehmen«, sagte Stark schnell.

Al lachte. Er versuchte die lässige Art von Stark zu imitieren. Er kramte eine Rolle Fünfzig-Dollar-Scheine heraus und gab sie Stark. »Willst du zählen?«

»Nee, Scheiße, Mann, wir müssen uns vertrauen, außerdem haben wir dazu keine Zeit. Du gibst jetzt besser Gas und gehst dir dein Zeug holen.«

»Verdammt wahr, wir müssen uns vertrauen. Wenn nicht uns, wem dann?« Al grinste, er fand seinen Kommentar witzig. Stark fragte sich, ob der Mann auch noch grinsen würde, wenn er wüsste, wie komisch diese Bemerkung tatsächlich war.

Er antwortete mit einem Lächeln und zwinkerte. »Ich mag dich. Verdammt, das meine ich ernst. Und jetzt los. Er wird sich schon Gedanken machen. Du hast selbst gesehen, wie er ist. Ich ruf' dich morgen an. Vielleicht können wir das ja in ein paar Monaten noch mal machen.«

»Super. Danke für alles.« Der Barkeeper streckte die Hand aus, und Ernie Stark schüttelte sie mit festem Griff. Al ging um den Lieferwagen herum, um einzusteigen.

Im selben Augenblick, in dem das blaue Fahrzeug sich in Bewegung setzte, marschierte Stark Richtung Kreuzung und verschwand um die nächste Ecke, um sich ein

Taxi zu rufen. Momo trat aus dem Hauseingang und beeilte sich, ihn einzuholen. Als sie nebeneinander gingen, brachen sie in spontanes Gelächter aus. Sie stellten sich den entsetzten Ausdruck auf dem Gesicht des Barkeepers vor, wenn genau das in seinen Lieferwagen geladen wurde, was da auf seinem Auftragsformular stand – das, und nicht mehr.

7

Minuten später rasten Ernie Stark und Momo Mendoza auf dem Rücksitz eines Taxis über den Highway, mit leuchtenden Gesichtern, wie Raubtiere, die ihre Beute geschlagen und sich am blutigen Fleisch vollgefressen haben. Beide waren wie berauscht von ihrem Coup.

Der Taxifahrer war ein Wicht mit Zwergengesicht, dessen Ohren an Fledermausflügel erinnerten. Er war eine diskrete Randfigur der Halbwelt und schickte den Prostituierten des Panama-Clubs öfter mal Soldaten als Freier. Deshalb hatten Stark und Momo keine Bedenken, sich offen zu unterhalten.

»So locker hab ich noch nie Geld verdient«, sagte Momo und schüttelte immer noch staunend den Kopf.

Starks Lider flatterten und um seine Lippen spielte ein breites Lächeln. Er nickte selbstgefällig. »Ja, 'ne gute Masche, um einem das Fell über die Ohren zu ziehen ... aber ...« Er zuckte mit den Achseln und ließ den Gedanken unausgesprochen verklingen.

»Aber was?« fragte Momo. »Ist doch alles in bester Ordnung, oder nicht?« Misstrauen lag in seiner Stimme.

»Nein, nein, alles bestens. Wir werden keinen Ärger kriegen. In neun von zehn Fällen läuft das easy.«

»Wird der Trottel nicht die Bullen verständigen?«

»Normalerweise nicht. Er kann ja schlecht erzählen,

wie die Kiste abgelaufen ist, denn dann ist er schnell seine Schanklizenz los … Die könnten ihm den Laden zumachen, und dann ist er arbeitslos.«

»Das war aber doch nicht der Besitzer.«

»Der Besitzer ist aber verantwortlich für das, was sein Angestellter tut. Und den Behörden würde Steuerhinterziehung bei Alkoholverkäufen auch nicht gefallen.«

»Bist du sicher?«

»Ja. Und wenn Kneipenbesitzer eines wahnsinnig macht, dann ist es die Sorge, die Lizenz zu verlieren. Die zahlen einem Rechtsverdreher schon locker einen Riesen, wenn es nur um einen Jugendlichen geht, der sich Zigaretten aus dem Automaten gezogen hat … Nein, zu den Bullen gehen die bestimmt nicht. Die lecken einfach nur ihre Wunden und verbuchen es als Verlust. Kann sein, dass der eine oder andere versucht, dich zu finden, um sein Geld zurückzubekommen und dich aufzumischen, aber genauso gut könnten sie versuchen, eine Nadel im Heuhaufen zu finden.«

Momo schüttelte immer noch staunend den Kopf. »Mann, mit so einer Nummer müsstest du doch locker eine Million machen. Das ist die abgeklärteste Masche, die ich je gesehen habe.«

»Ja, bisschen was hab ich damit schon verdient«, sagte er seufzend. »Aber inzwischen landet die Kohle ja doch immer bei dir.« Dennoch bemerkte er den Respekt, ja sogar die Hochachtung in Momos Stimme. Ganz anders als sonst. Momo hatte sich völlig verwandelt, keine Spur mehr von der Arroganz von gestern. Das ließ Stark seinen Dealer sogar noch mehr verachten. Doch daraus ließ sich womöglich für ihn und Crowley Kapital schlagen.

»Ist nicht schlecht«, fuhr Stark fort, »aber ich hab das Feld schon ziemlich abgegrast. Ungefähr fünfzehn Bars haben in den letzten achtzehn Monaten angebissen. Es spricht sich rum. Vor ein paar Wochen hab ich's bei einem Laden versucht, und der Besitzer hat es so eingefädelt, dass zwei Schläger auf einem Parkplatz auf mich warteten. Dem einen hab ich ein Messer verpasst, dann hab ich 'nen Abgang gemacht. Anscheinend hatte ich irgendwann vorher schon den Bruder des Barbesitzers abgezockt. Die Nummer ist ziemlich durch. Alle guten Dinge gehen mal zu Ende, schätze ich. Du bist hier derjenige, der die guten Geschäfte macht. In deiner Branche gibt's nie eine Flaute, und du kannst wirklich gutes Geld machen, wenn du nur genug Stoff ranschaffst. Es gibt mehr Kunden, als du bedienen kannst.«

»Gute Ware kann ich besorgen«, verkündete Momo stolz, »aber in Oceanview gibt's nur wenige Junkies. Ich mach gerade genug Umsatz, um meinen eigenen Stoff zu finanzieren. Hier unten läuft's nicht in großem Stil.«

»Wenn ich deine Connection hätte, würde ich es ganz anders aufziehen. Ich würde groß abräumen, gut leben … nicht in einer abgerissenen Bude hausen und nur Kleingeld machen. Deine Braut könnte Nerz tragen, und du könntest einen Caddy fahren.«

Momo rieb sich mit einer Hand kräftig übers Gesicht, als würde er gerade aufwachen. Er kratzte sich mit dem Fingernagel an einem Nasenflügel und schnaubte. Stark konnte nicht sagen, ob diese Gesten irgendeine Bedeutung hatten oder ob Momo in Gedanken Gott weiß wo war. Stark beschloss, sich präziser auszudrücken.

»In einem Monat könnten wir fünfmal so viel verkaufen wie das, was du momentan umschlägst. Bei geringerem Risiko. Zur Tarnung würden wir eine Organisation mit anderen Leuten benutzen. Wir sollten uns zusammensetzen und etwas ausarbeiten, das für uns beide richtig gut ist. Außerdem dachte ich, du bekommst diese neue Scheiße von einem alten Kumpel auf Hawaii. Ist mir ein Rätsel, wie du das Zeug ins Land bringst.«

Momo lachte. »Dieser Stoff kommt von nicht weit weg. Aus La Jolla. Ich hab keine Freunde mehr auf den Inseln.«

Zum ersten Mal überdachte Momo die neuen Möglichkeiten. Auf seinem mürrischen Gesicht funkelte eine Idee. Er schürzte die Lippen, legte die Stirn in Falten. Stark beobachtete ihn wie ein Raubvogel, der von weit oben ein Karnickel ortet. Momo saugte an seinen Zähnen, stocherte mit dem Zeigefinger an ihnen herum und schüttelte den Kopf.

»Mann«, sagte er, »wenn du mir letzte Woche mit einer Partnerschaft gekommen wärst, hätte ich noch gelacht. Für mich warst du ein Dummschwätzer, der nur Bockmist erzählt. Aber heute bist du in meiner Achtung gewaltig gestiegen. Lass mich mal über eine Zusammenarbeit nachdenken. Ist nur so eine Idee. Dräng mich also nicht.«

»Wir werden einen Haufen Geld einfahren. Ich werde uns überall neue Kunden besorgen.«

»Aber ich glaube nicht, dass ich dich mit meiner Connection zusammenbringen kann. Er trifft sich nicht mit jedem. Er ist da komisch. Die Ware wird über mich kommen müssen – und das ausschließlich.«

»Oh, klar«, sagte Stark langsam. Er schwieg kurz, sagte dann anklagend: »Was ist los? Vertraust du mir nicht? Hältst du mich für einen Spitzel oder hast du Angst, ich würde dich um deine Connection bringen?«

»Ich muss mich schützen, Mann. Solange ausschließlich ich die Ware liefere, hast du keine Chance, mich um irgendwas zu bringen. Außerdem ist mein Mann ausgesprochen nervös.« Er spreizte beide Hände, eine um Verständnis bittende Geste. »Er wird das nicht mitmachen, er lässt mich kalt abblitzen, wenn ich's versuche. Er hat keine Ahnung vom Milieu. Er ist ein ehrlicher Geschäftsmann, der versucht, nebenbei reich zu werden. Er hat Angst vor seinem eigenen Schatten, weiß nicht mal, dass ich an der Nadel hänge. Du musst ihn nicht kennenlernen. Ich werde mich darum kümmern, dass wir bekommen, was wir brauchen.«

Momo sprach mit einer solchen Aufrichtigkeit, dass Stark wusste, er konnte ihn zu diesem Zeitpunkt nicht weiter bedrängen, ohne an Boden zu verlieren.

»Du hast recht«, sagte er. »Ich muss ihn nicht kennen. Geld können wir so oder so machen.«

»So ist es. Wir werden's versuchen und sehen, was passiert.« Momo zögerte, sah Stark dann direkt und kalt in die Augen. »Eines noch. Die Braut teile ich nicht.«

»Ey, Mann«, erwiderte Stark und klopfte Momo beruhigend auf den Arm. »Ich weiß doch, dass sie dein Privateigentum ist.«

Dorie Williams war nicht in der Wohnung. Laut einer hingekritzelten Nachricht war sie ins Kino gegangen. Momo reagierte darauf mit seinem typischen Grunzen. Er war guter Dinge und redete gut gelaunt über die leicht verdienten fünfhundert Dollar. Er hörte aufmerksam zu, als Stark seinen Plan in Kürze skizzierte. Sie würden Dealer in den umliegenden kleinen Gemeinden rekrutieren. Jeder sollte mindestens eine Basis haben, eine Cocktailbar oder eine Billardhalle, sowie eine Handvoll Kunden. Momentan mussten die Junkies fünfzig Meilen oder mehr bis nach Los Angeles fahren, um sich mit Stoff einzudecken. Stark würde anfangs einen Dealer pro Gebiet auf Kommissionsbasis beschäftigen, dazu einen Laufburschen, der den Stoff lieferte.

»Aber wir arbeiten das später aus«, sagte Stark, nachdem sie gefixt hatten. Zwei übrig gebliebene Gramm steckte er sich für später ein. »Es gibt noch eine Menge Details zu klären, aber das ist in Grundzügen die Idee. Was den Laufburschen betrifft, da hab ich auch schon eine Idee, jemand, der nicht zu viel quatschen kann. Dummy.«

Momo schüttelte sich vor Lachen.

»Was ist daran so komisch?« fragte Stark.

»Dummy!« keuchte Momo. »Als Laufbursche!«

»Und wieso nicht?« fragte Stark gereizt.

»Nichts. Nur, dass er bereits mein Laufbursche ist. Und du solltest ihn nicht verärgern, glaub mir.«

Stark fuhr mit einem anderen Taxi in die Innenstadt. In seinem Dämmerzustand saß er da und ließ eine Zigarette so weit herunterbrennen, dass sie seine Finger ansengte, bevor er sie aus dem Fenster schnipste. Er ließ sich noch mal das Rätsel mit Dummy und dem großen Unbekannten durch den Kopf gehen, fragte sich, wie er dem Typen zu seiner Quelle folgen konnte. Es gelang Stark nicht, Dummy mit einem in Frage kommenden Geschäftsmann in Verbindung zu bringen, weder in Oceanview noch sonst wo. Stark zermarterte sich das Hirn nach irgendwelchen Anhaltspunkten, doch am Ende musste er kapitulieren und es aufschieben, bis er mehr Fakten hatte. Die Connection war immer noch anonym. Allerdings begannen sich die einzelnen Informationen nun langsam zu einem größeren Bild zusammenzufügen. Er würde ihn finden. Und dann vielleicht an Crowley verpfeifen. Vielleicht aber auch nicht. Denn die Idee eines neuen Drogennetzwerks begann langsam reizvoll zu werden. Es konnte funktionieren. Vielleicht würde Crowley sich eine andere Ratte besorgen müssen.

8

Es war kein Problem, Dorie Williams zu finden. In der Kleinstadt am Strand gab es nur drei Kinos, und nur eines davon hatte unter der Woche Frühvorstellungen. Es war nur eine Handvoll Besucher da. Sie saß auf einem Platz am Gang, etwa in der Mitte.

Stark blieb neben ihr stehen, sie bemerkte ihn nicht. Ein böses Grinsen huschte über sein Gesicht. Er beugte sich hinab und ließ eine Hand fest auf ihre Schulter fallen.

»Wir wollen uns auf dem Revier ein bisschen mit Ihnen unterhalten, Miss Williams«, sagte er mit eiskaltem Ton.

Dorie zuckte zusammen und schnappte unwillkürlich nach Luft. Stark kannte die Panik, die sie jetzt empfand. Er lachte leise, als sie sich zu ihm umdrehte.

»Oh, du Arschloch«, sagte sie. »Du mieses Schwein. Ich dachte, du wärst ein Bulle.«

»Witzig, was?« sagte er, schob sich an ihren Beinen vorbei und ließ sich auf den Platz neben ihr fallen. Auf der Leinwand richtete John Wayne gerade einen Schurken übel zu.

»Guter Film?« fragte er.

»Er war schrecklich, bis du gekommen bist. Jetzt ist er noch schlimmer.«

»Dann lass uns verschwinden.«

»Bist du verrückt? Wie hast du mich überhaupt gefunden?«

»Ich habe deine Nachricht bekommen.«

»Die war für Momo.«

»Du hast zwar seinen Namen draufgeschrieben, aber ich wusste, dass sie für mich war.«

»Hast du sie an dich genommen?«

»Nein.«

»Du bist so verdammt selbstgefällig …« Ihre Stimme hob scharf an und war in der plötzlichen Stille auf der Leinwand deutlich zu hören. Jemand in der Nähe machte gereizt »Pssst«.

»Komm schon«, flüsterte Stark, beugte sich dicht zu ihr, um den süßen Duft ihres Parfums einzuatmen, und legte eine Hand behutsam auf ihren Arm. »Wir hatten bislang keine Zeit zum Reden … Jetzt haben wir Zeit. Ich möchte unsere Unterhaltung gern fortsetzen. Du nicht?«

Dorie schwankte, schaute im flackernden Halbdunkel in sein Gesicht; mit einem resignierten Seufzen schnappte sie sich ihre Handtasche. Lüstern beobachtete er das Wiegen ihrer ausladenden Hüften, als er ihr den Gang hinauf folgte.

Die Abenddämmerung hatte bereits eingesetzt, als sie aus dem Kino kamen. Dichter Feierabendverkehr floss auf der Hauptstraße von Oceanview, Leute hasteten von der Arbeit nach Hause, mürrische Hausfrauen versuchten, ihre letzten Einkäufe zu erledigen. Autos verstopften die Straßen in einem hupenden Durcheinander, Menschenmassen schoben sich in die Geschäfte und wieder heraus. Eine Brise kam auf. Im zunehmenden Zwielicht leuchteten die Neonreklamen im ersten, noch schwachen Glanz. Dorie wartete auf dem Bürgersteig. Die Brise ließ den Rock um ihre Beine flattern.

»Wo sollen wir hin?« fragte sie. Ihre Stimme klang belegt und angespannt.

»Er wird sich noch ein paar Stunden keine Sorgen um dich machen.«

Sie nickte langsam und senkte den Blick.

»Ja. Ich habe ungefähr zwei Stunden.«

Sie zögerten, warteten darauf, dass klare Gedanken Gestalt annahmen. Der Fußgängerstrom teilte sich und umfloss sie eilig weiter. Der Verkehr auf der Straße kämpfte sich voran.

»Wir können was trinken gehen ... oder zu mir«, schlug Stark vor.

»Wozu du Lust hast.« Sie sah ihn an. Er konnte nicht erkennen, ob Hingabe oder Hass in ihrem Blick lag. Stark ergriff ihren Arm und sie gingen zu einem Taxistand.

Im Taxi herrschte die ersten paar Blocks gespannte Stille. Er fragte sich, warum er sie mit in seine Wohnung nahm. Dann hatten sie den Innenstadtbereich hinter sich gelassen, und das Taxi nahm an Fahrt auf.

»Ist es sehr weit?« fragte Dorie.

»Ungefähr zehn Minuten.« Stark betrachtete ihr Profil vor der roten Sonne, die im Meer unterging. Etwas Kindliches und Unverdorbenes lag in ihrem Gesichtsausdruck – oder zumindest etwas nur halb Verdorbenes. Es war keine Reinheit im eigentlichen Sinn, es war aber auch nichts Böses. Er wusste nicht, was es war, aber es faszinierte ihn.

»Ich weiß nicht, warum ich das mache«, sagte Dorie plötzlich. »Ich mag dich nicht. Du bist nicht gut für mich. Momo ist ein ungehobelter Klotz, aber du bist wie eine Schlange.«

Sie sprach so leise, dass Stark nicht wütend werden konnte. Stattdessen fühlte er sich elend. Er wollte sie umstimmen, ihren Abscheu vertreiben. Am besten mit Humor, glaubte er. »Vielleicht ist es wie bei Bess und Crown – du weißt schon, in ›Porgy and Bess‹ –, sie kann sich von dem bösen Crown nicht fernhalten, obwohl sie doch Porgy liebt. Wenn Crown ruft, muss sie zu ihm gehen.« Er sagte das in einem Halbsingsang, der witzig sein sollte.

Sie antwortete vollkommen ernst. »Vielleicht kommst du damit der Wahrheit näher, als du ahnst.«

Sie verstummten beide. Nur das Rauschen sich drehender Reifen und das leise Klicken des Taxameters durchbrachen die Stille. Stark betrachtete sie aufmerksam, von oben bis unten. Es war das erste Mal, dass er sie vollständig bekleidet sah, in einem Kleid. Bekleidung und Make-up passten nicht zu einer Hure, die mit einem drittklassigen kleinen Drogendealer zusammenlebte. Sie war modisch gekleidet, aber nicht auffallend. Nichts an ihrem Äußeren deutete an, dass sie leicht ins Bett zu kriegen war. Und noch merkwürdiger war, dass dieses undurchsichtige Mädchen, das bereit war, ihm ihren Körper zu schenken, Momo Mendoza auch noch verteidigte.

»Was ist mit dir los?« fragte Stark. »Ich werde nicht schlau aus dir.«

»Was willst du wissen?«

Er brachte keinen Ton heraus. Sie verwirrte ihn mit jeder Minute mehr. Er schob das Durcheinander an Gefühlen beiseite und versuchte, einen klaren Kopf zu bekommen.

»Ich interessiere mich für dich. Da ist etwas ...« Wieder sprach er nicht weiter, war wütend auf sich, weil ihm so unerwartet die Worte fehlten. »Ich meine, was willst du? Wonach suchst du?« fragte er.

»Nach allem. Nach allem, was es gibt.«

»Und Momo? Was siehst du in ihm? Er ist arm, auch wenn er deine Sucht finanziert. Er ist hässlich, und er hat Manieren wie ein Schwein.«

»Die Ärzte in dem Krankenhaus haben gesagt, ich wolle mich demütigen, mich bestrafen. Und als Peitsche taugt er so gut wie jeder andere. Vielleicht ist es auch genau das, was mich an dir so reizt.« Ihre Stimme klang halb ernst, halb ironisch. Ihre grünen Augen funkelten spöttisch, und auf ihren Lippen lag ein rätselhaftes Lächeln.

»Stell 'ne verrückte Frage und du bekommst 'ne verrückte Antwort.«

»Das haben sie auch gesagt ... dass ich verrückt wäre. Reden wir nicht darüber. Wenn man zu viel über sich spricht, führt das zu seelischer Hypochondrie. Wenn wir irgendwann mal Zeit haben, können wir uns vielleicht richtig kennenlernen. Aber nicht hier und nicht jetzt.«

Stark nickte. Sie konnte mit Worten umgehen, genau wie er.

Als sie die Wohnung betraten, waren es nur noch Minuten bis zum Einbruch der Dunkelheit. Die Gardinen an dem großen Fenster zum Strand waren aufgezogen, präsentierten einen letzten Rest Sonne und ein blutrotes Meer; Blut, das beim Gerinnen schwarz wurde.

Dorie trat ans Fenster und schaute auf den Sonnenuntergang hinaus. Der Raum selbst war dunkel, und ihr Körper zeichnete sich als Silhouette gegen den purpurnen Himmel ab.

»Du siehst aus wie ein wunderschönes Gemälde«, sagte er aus dem Halbschatten.

Sie drehte sich ihm zu, ihre Gesichtszüge waren nicht zu erkennen, nur die rotbraunen Locken, die an ihrem Rand leuchteten. Sie lachte, und in dem Dämmerlicht wirkte es wie aus dem Zusammenhang gerissen. »Keine Verwandlung, bitte«, sagte sie. »Nicht Süßholz raspeln. Das passt nicht zu dir. Aber der Ausblick von hier ist wirklich schön.«

Stark knipste das Licht an. Es war ein sanftes, warmes Licht und bewirkte, dass die Stimmung vom Melancholischen ins Sinnliche kippte. Er legte eine Jazz-Platte auf. Dorie schlenderte durchs Wohnzimmer, musterte die bequemen Möbel. Ihr Blick wanderte über zwei Drucke von Renoir. Die Wohnung war hübsch eingerichtet und aufgeräumt.

»Du hast einen guten Geschmack«, sagte sie. »Besser, als ich erwartet hätte. Du strahlst etwas völlig anderes aus.«

»Dann sind wir ja quitt. Bei dir hab ich mit Hurenklamotten und angemaltem Gesicht gerechnet.«

Ihre Blicke begegneten sich in einem lautlosen Lachen – und plötzlich konnten sie die Augen nicht mehr von dem anderen nehmen.

»Wo ist das Schlafzimmer?« fragte sie mit rauer Stimme.

Stark hatte mit einem Mal einen trockenen Mund, und das Blut in seinen Schläfen begann zu pochen. »Willst du vorher einen drücken?«

»Nachher«, sagte sie.

Sie folgte ihm zur Schlafzimmertür. Er hielt sie auf, und als sie ihn im Vorbeigehen streifte, roch er ihr Parfum und spürte die Wärme ihres Körpers. Wortlos schlug sie die hellblaue Tagesdecke und die Daunendecke zurück. Glatte, weiße Laken schimmerten darunter. Dorie stand neben dem Bett und sah Stark an, während die Finger ihrer rechten Hand leicht und gedankenlos über die Laken strichen. Sie wartete auf ihn, den Kopf leicht zurückgelegt, die Lippen herausfordernd geöffnet. Mit ein und demselben Blick lockte und warnte sie ihn.

»Zieh dich aus«, verlangte er. »Mach's langsam, so wie du's drüben angefangen hast. Ich will zusehen.«

Sie beantwortete diesen Befehl nur mit einem Lächeln, doch das war sinnlicher als alles, was sie hätte sagen können. Mit langsamen, geschmeidigen Bewegungen begann sie, sich auszuziehen, immer noch lächelnd und ohne dass ihre Augen ihn auch nur eine Sekunde losgelassen hätten. Sie zog ihre Ohrringe ab und ließ sie auf den Nachttisch fallen. Als ihr Kleid oben aufgeknöpft war, glitt es über runde, milchig-weiße Schultern. Es sank auf den Teppichboden, und Dorie stieg mit der Gelassenheit einer Stripperin heraus. Sie stand da, in Slip,

BH, hochhackigen Pumps und Strümpfen. Der Anblick ihrer vollen Schenkel oberhalb des dünnen Nylons ließ Stark sich über die Lippen fahren. Sie drehte ihren Oberkörper ins Halbprofil, während sie den BH öffnete. Ihre Brüste, weiß und voll, bebten, als sie befreit wurden. Sie nahm sie in die Hand, legte dann die Handflächen unter die Brüste, hob sie an, wie um sie genauer zu betrachten, drückte den Rücken ein wenig mehr durch und betonte so ihre Rundungen. Mit großen, ausdruckslosen Augen drehte sie sich zu ihm um, beobachtete seine Reaktion.

Stark atmete deutlich hörbar durch zusammengebissene Zähne. Er schluckte trocken, brachte kein Wort heraus. Er war wie gebannt von ihr.

Dorie setzte sich auf die Bettkante und streckte eines ihrer langen Beine in die Luft. »Komm, zieh mir die Strümpfe aus«, sagte sie. »Ich weiß doch, dass du es gern tun möchtest.«

Er bewegte sich, kniete sich vor sie. Die Hände waren feucht, als er seine Finger um den festen, warmen erhobenen Oberschenkel legte und den Strumpf abrollte. Der berauschende Duft von Parfum und Weiblichkeit raubte ihm die Sinne. Sie hatte wunderschöne lange Beine, und als die Strümpfe auf dem Boden lagen, küsste er zunächst ihre Knie. Dann ging er höher.

»Nein, noch nicht«, sagte sie. »Zieh dich zuerst aus. Ich will dich neben mir spüren.« Sie drückte seinen Kopf weg.

Stark zog sich genauso langsam aus, wie sie es getan hatte. Er wollte die Spannung noch steigern. Behutsam legte er sich neben sie. Sie drehte sich auf den Rücken und zog seinen Kopf auf ihre Brust herunter; sie wimmerte vor Verlangen. Er blieb cool, behielt die Beherrschung, bis sie vereint waren. Sie presste ihn an sich. »Fick mich! Fick mich hart!«

Und das tat er.

Nachher duschten sie kurz, spülten sich den Schweiß ab. Stark schlüpfte in eine Hose aus Rehleder, beförderte die abgelegte Arbeitskleidung mit einem Tritt in die Ecke. Er kam mit einem weißen Hemd mit Buttondown-Kragen und einem Kaschmirpullover ins Wohnzimmer, wo Dorie ihr Haar in Ordnung brachte und Make-up auflegte. Die Kleidungsstücke ließ er aufs Sofa fallen. Dann legte er eine Dosis Junk und Besteck auf den Couchtisch.

»Wann fängt Momo an, sich Sorgen zu machen?« fragte Stark.

Dorie nahm den Lippenstift von ihrem Mund. »Um acht sollte ich zurück sein, denke ich.«

»Das ist noch fast eine ganze Stunde. Du brauchst ungefähr fünfzehn Minuten. Wir haben noch Zeit für einen Schuss und können ein Taxi rufen.«

»Wo ist dein Wagen?«

»Beim Club. Musste ihn dort lassen, gegen meinen Willen. Ich werde mit dir fahren und ihn abholen.« Er deutete auf das Besteck auf dem Tisch. »Wie viel willst du?«

»Nichts. Ich will nicht, dass er misstrauisch wird.«

»Ich brauch aber einen. Nach unserem kleinen Ding heute hat mich Momo als Partner aufgenommen. Wir machen jetzt gemeinsam Geschäfte.«

»Als Partner.« Sie schüttelte den Kopf. »Er sollte vielleicht wissen, dass sein neuer Partner gerade sein Mädchen gefickt hat.«

Stark unterbrach das Erhitzen des Heroins. Er funkelte sie wütend an; seine gute Laune war mit einem Mal verschwunden.

»Was ist dein Problem? Ich hab die Schnauze voll, dass du mir immer so kommst, als wäre ich nur ein Stück Dreck. Ständig diese abfälligen Bemerkungen! Kann dir doch egal sein, was ich mit anderen Leuten zu schaffen habe. Mach dir lieber mal Sorgen um dich selbst … darüber, was ich mit dir anstellen könnte.«

»Darum mache ich mir am allerwenigsten Sorgen«, antwortete sie auf eine ruhige Art, die seinen Zorn verstummen ließ, »denn es ist mir ziemlich egal, was mit mir passiert.«

Stark konzentrierte sich auf die Vorbereitungen für seinen Schuss, versuchte aber gleichzeitig herauszufinden, was genau er für dieses Mädchen empfand. Das war schwer zu definieren, weil er ihren widersprüchlichen Charakter nicht verstand. Sie veränderte sich von einem Augenblick auf den anderen: vom braven Schulmädchen zur liederlichen Schlampe zur warmherzigen, liebevollen Frau. Sie war intelligent und konnte ihren Charme spielen lassen. Vielleicht waren es gerade ihre vielen Facetten, die ihn so faszinierten. Die eine Anziehungskraft auf ihn ausübten, der er sich kaum widersetzen konnte. Vielleicht hatte er einfach nur eine Schwäche für sie. Ganz sicher wurde sie ihm zunehmend wichtiger. Es war schon mal eine Premiere, ihr überhaupt zu zeigen, wo er lebte, und überhaupt nicht typisch für ihn, herumzusitzen und über jemanden nachzudenken, es sei denn als etwas, das man gebrauchen oder missbrauchen konnte. Plötzlich begriff er, dass er sie für länger wollte als nur für einen gestohlenen Augenblick. Es war das erste Mal, dass ihn an einer Frau mehr reizte als nur, sie zu vögeln. Diese Erkenntnis war überwältigend. Er schüttelte den Kopf und zwang sich zur Konzentration auf die heikle Aufgabe high zu werden.

Dorie war inzwischen mit ihren Haaren und dem Make-up fertig und stand neben ihm.

»Tut mir leid, Baby«, sagte sie, »ich sollte dich nicht nerven. Du bist ein toller Liebhaber. Aber irgendwas treibt mich einfach dazu. Vielleicht ist mit mir was nicht in Ordnung ... Ich will nicht, dass du gut zu mir bist. Ich will nicht, dass du dich änderst.«

»Was meinst du?«

»Deine Härte. Ich schätze, ich will nicht, dass du sie verlierst.«

Stark starrte sie an, fragte sich, ob er ehrlich antworten, lügen oder einfach loslachen sollte. Er entschied sich für Letzteres. »Ist schon gut, dass du nicht auf der Suche nach einem netten Kerl bist. Das bin ich nämlich nicht. Ich kümmere mich einzig und allein um die Nummer eins. Um mich.«

Dorie schüttelte den Kopf. »Du hast eine harte Schale, aber darunter bist du verletzlich. Du hältst dich für cool. Bist du aber nicht. Du hältst dich für smart. Bist du aber nicht.«

»Scheiß drauf. Dann fahren wir eben zusammen zur Hölle.«

Wieder schüttelte sie den Kopf, dieses Mal mit Nachdruck. Stark hakte nicht weiter nach, aber er vergaß es auch nicht. Er stand auf, die aufgezogene Spritze in der Hand. »Hier geht's zur Hölle.«

9

Stark betrat den Panama Club auf gleichem Weg, wie er ihn das letzte Mal verlassen hatte – über die Gasse hinter der Küche. Nicht aus Angst vor Crowley. Es war nur so, dass der Club von ihm aus näher lag als Momos Wohnung, also stieg er als Erster aus dem Taxi aus. Es wäre nicht klug gewesen, zufällig von irgendwem beobachtet zu werden, wie er zusammen mit Momos Frau eintraf.

Er glitt durch den Dunst der Küche und schlüpfte in den Hauptraum. Empfangen wurde er von lautem Gelächter, dem Klirren von Gläsern, plärrender Musik, Farben und Bewegung sowie träge dahingleitenden Schwaden Zigarettenqualms. Er kannte viele der Gäste, redete aber mit keinem. Er durchquerte den Raum, wollte nur den Wagen holen, wollte schnell wieder weg und sich die Probleme mit Momo, Crowley, Dorie, Dummy und der immer noch unbekannten großen Connection durch den Kopf gehen lassen. Alles war so verdammt kompliziert. Er wollte das Mädchen, aber sie würde ihren Macker nicht verlassen. Und selbst wenn, konnte Stark es sich momentan nicht leisten, Momos Zorn auf sich zu ziehen. Nicht dass ihm Momo wichtig gewesen wäre, aber ohne ihn würde Pat Crowleys Hammer fallen. Es würde dann für ihn weder eine Dorie geben noch sonst irgendetwas anderes. Nur ein paar Jahre Gefängnis.

Stark überlegte, ob es möglich war, Momo sowohl um die Freundin als auch um die große Connection zu bescheißen. Wenn da nur nicht dieser permanent auf der Lauer liegende Bulle wäre. Wenn es ihm nur gelänge, dafür zu sorgen, dass Momo einfuhr, der Druck etwas nachließ und er freie Bahn bei Dorie und dem großen Mann hätte. Dann könnte er ein großer Dealer sein. Das wäre die Möglichkeit, groß herauszukommen. Aber wie das Ganze anpacken? Das war das Dilemma. Wenn er nur Momos Versteck kennen würde …

Mit diesem Gedankenwirrwarr war Stark beschäftigt, während er auf dem Bürgersteig das kurze Stück hinunter zu dem alten Kombi zurücklegte. Er trat um das Heck und kramte seine Schlüssel heraus.

Aus der Dunkelheit auf der anderen Straßenseite flammte plötzlich der Strahl eines Suchscheinwerfers auf, tauchte ihn in grelles Licht. Die Cops. Er wirbelte herum, war geblendet, hörte das Klicken von Autotüren, die geöffnet wurden, und sein erster entsetzter Gedanke galt dem Heroin in seiner Tasche. Er zog es hervor, während Schritte auf ihn zugerannt kamen. Uniformierte Schatten mit gezogenen Schusswaffen waren schon bedrohlich nahe, als er sich das kleine Heftchen in den Mund stopfte.

»Schluck's runter, du Arschloch, und ich blas dir die Birne weg!« donnerte eine Stimme.

Stark riss die Hände in die Luft. »Was soll das?« schrie er, und auch wenn er tierisch die Hosen voll hatte, schluckte er, was sich in seinem Mund befand.

Kein mörderischer Schuss krachte, aber eine Faust

kam aus der Dunkelheit und traf sein Kinn, schleuderte ihn nach hinten gegen den Wagen und ließ rote Lichter in seinem Kopf aufflammen. Er zog die Arme über seinen Kopf und ging in die Hocke.

»Scheiße, was ist los? Was geht hier ab?«

»Du dreckiger Junkie«, brüllte die Stimme. »Ich weiß, was du gemacht hast. Ich sollte dich wegblasen. Lauf, verdammt, renn weg, damit ich dich abknallen kann.«

»Mama hat doch kein Dummerchen großgezogen«, witzelte Stark, der immer noch auf dem Boden kauerte und den Kopf mit seinen Händen schützte.

Eine ruhigere Stimme erklang. »Immer langsam. Wir legen ihm Handschellen an und nehmen ihn mit.«

Grobe Hände drehten ihn um, fixierten seine Handgelenke mit Stahlarmbändern auf seinem Rücken, filzten ihn und rissen ihn dann an den Handfesseln vom Auto weg. Er wurde gestoßen, stolperte zu dem Polizeiwagen. Als er aus dem grellen Scheinwerferlicht herausgetreten war, sah er, dass er sich in der Gewalt junger uniformierter Bullen befand. Offensichtlich hatten sie den Kombi observiert.

Mit dem Kopf voran wurde er in den Fond des Streifenwagens gedrückt und dann mit dem Gesicht nach unten auf den modrigen Boden. Die Tür wurde zugeschlagen, ein Fuß auf sein Genick gepflanzt. Seine Beine waren angewinkelt, drückten gegen die geschlossene Tür. Es war eine ausgesprochen unbequeme Position und eine schmerzhafte Fahrt. Doch er hatte keine Angst, ja empfand nicht einmal echtes Unbehagen. Der anfängliche Schock wirkte noch und schützte ihn. Falls er überhaupt etwas fühlte, dann eher eine diffuse, benommene Empörung über den ganzen Mist.

Auf dem Revier trieben die Cops ihn das hintere Treppenhaus hinauf. Auf Anweisung eines Sergeants sperrten sie ihn in eine Arrestzelle, einen fensterlosen Raum ohne Bett und wegen einer Klimaanlage eiskalt. Eine helle Neonröhre unter einem Drahtkäfig war in die Decke eingelassen. Das Licht fiel auf eine an die Wand geschraubte Metallbank und eine matte Aluminium-Toilette auf der anderen Seite. Das war's an Mobiliar.

Die Handschellen wurden ihm abgenommen, man ließ ihn allein. Er brauchte seine spartanische Umgebung nicht näher unter die Lupe zu nehmen. Er war schon einmal hier gewesen. Auch musste er nicht wissen, warum er festgenommen worden war. Es hatte keine Vernehmung gegeben, was bedeutete, dass die Festnahme auf Crowleys Anweisung erfolgt war. Der Detective war wohl immer noch sauer, weil er am Nachmittag so im Regen stehen gelassen worden war.

»Der muss wirklich richtig angepisst sein«, brummte Stark, klopfte seine Taschen ab und fand in der Brusttasche seines Hemdes das zerknautschte Päckchen Luckies. Er setzte sich auf die Bank und rauchte, massierte seine wunden Handgelenke und wartete auf Crowley.

Drei Zigaretten später war Crowley immer noch nicht da. Stark lehnte sich gegen die Tür und linste durch das winzige Glasfenster hinaus. Nach etwa zehn Minuten sah er einen Detective den Korridor herunterkommen. Er schlug gegen die Tür, und der Mann kam zu dem Spalt.

»Wo ist Lieutenant Crowley?« fragte Stark, presste seine Lippen an die Tür. »Ich will ihn sehen.«

»Er ist vor fünfzehn Minuten nach Hause gegangen«, sagte der Detective und ging.

Stark fluchte leise vor sich hin und ging zur Bank zurück. »Scheiße, morgen früh bin ich krank. So ein mieser, dreckiger Scheißkerl.«

Die ersten Stunden waren durchaus nicht unangenehm. Shit vertrieb Schmerz und Sorgen, gab einem das Gefühl, über allem Stress zu stehen. Stark erkannte seine Situation präzise, aber so, als würde all das jemand anderem widerfahren, einer Figur in einem Kinofilm.

Wegen dieser Dissoziation konnte er die Fakten nehmen und in unterschiedliche Richtungen drehen. Er lag auf der Bank, den Kopf auf seine zusammengerollte Jacke gebettet. Er rauchte ununterbrochen, bis die Zigaretten alle waren, schnipste die Kippen auf den Boden und zündete später die längeren von ihnen erneut an, um noch ein paar Züge zu nehmen. Unterdessen dachte er darüber nach, wie er mit der Situation umgehen sollte. Es bestand überhaupt kein Zweifel, dass es sich hier um eine Strafe handelte, mit der Crowley ihn einschüchtern wollte. Nach einer qualvollen Nacht und einer kurzen Unterhaltung würden sie ihn wieder laufen lassen. Gleichzeitig war diese Festnahme aber auch ein klarer Hinweis darauf, dass ihm die Zeit knapp wurde. Crowleys Geduld war bereits überstrapaziert, und er würde keine weiteren Ausflüchte oder Verzögerungen mehr schlucken.

Dennoch konnte Stark keinen klaren Plan fassen. Er

hoffte wie üblich, dass er improvisieren konnte und im kritischen Augenblick die richtigen Entscheidungen traf. Nicht einmal ein grober Plan wollte sich ihm erschließen. Er wusste, dass er zu viel gleichzeitig wollte und nicht alles unter einen Hut zu bringen war. Leicht wäre es natürlich, dachte er, wenn er Momo und seine Connection tatsächlich ausliefern würde. Aber genau das brachte er einfach nicht über sich. Nicht dass ihm die immer noch unbekannte Connection etwas bedeutete oder ihm seine eigene Unterweltmoral zu schaffen machte. Es war einfach nur so, dass er erfolgreicher werden konnte, wenn er seinen neuen Partner benutzte. Ein Jahr als großer Dealer, und er konnte sich eine ganze Kette Zigarettenautomaten und einen kleinen Nachtclub kaufen. Dann würde er sogar Dorie halten können. Er lag da, rauchte und schüttelte den Kopf.

Nach Mitternacht begannen die ersten Schmerzen des Entzugs; die Krämpfe wurden von Minute zu Minute stärker, um nach ein paar Stunden zu Qualen zu werden, die praktisch alles andere auslöschten. Logische Gedanken wurden beiseitegefegt. Stark krümmte sich und kotzte und fluchte.

Am nächsten Morgen war er so schwach, dass er sich nur mühsam aufrappeln konnte, als Crowley die Zelle aufschloss. Sein normalerweise gepflegtes Erscheinungsbild ließ jetzt ziemlich zu wünschen übrig. Erbrochenes war auf seinen Schuhen und den Hosenaufschlägen getrocknet. Sein verfilztes Haar stand in alle Richtungen ab, und seine Kleidung war völlig zerknittert.

Er stieß gegen den Türrahmen, als er an dem feisten

Detective vorbeimarschierte, der über die ramponierte Erscheinung Starks spöttisch grinste.

»Gut siehst du heute Morgen aus«, sagte Pat Crowley freundlich.

»Schieb's dir in den Arsch«, sagte Stark so bissig, wie er nur konnte. Er stolperte den sterilen Korridor entlang, und der rotköpfige Mann zockelte hinterher. Aus Erfahrung wusste Stark, wohin er gehen musste – zum schalldichten Vernehmungsraum. Trotz der Schmerzen funktionierte sein Verstand, wenn auch nicht mit derselben Klarheit wie noch am Abend zuvor.

»Setz dich, Kumpel«, sagte Crowley, schloss die Tür und deutete mit der Hand auf einen Stuhl hinter einem nackten Tisch.

Stark ließ sich darauf fallen, fröstelte und zitterte plötzlich heftig. Das aufblitzende Grinsen auf Pat Crowleys Gesicht sah er nicht. Der Detective schob ein Päckchen Zigaretten über den Tisch. »Nimm dir eine.«

»Die schmecken doch wie aus 'ner Kläranlage.«

»Dir geht's nicht so gut, was?«

»Sie wissen verdammt genau, wie's mir im Moment geht«, fauchte Stark, der dazu noch genügend Wut aufbrachte.

»Geschieht dir recht, du kleiner Wichser«, konterte Crowley mit mehr Sarkasmus als Zorn. Auf der anderen Seite des Tischs drehte er den Stuhl so, dass er seine Unterarme auf die Rückenlehne legen konnte. Stark schwitzte und zuckte. Crowley beobachtete ihn, als würde er etwas Neues an Stark studieren. Über die Jahre hatte er schon zahllose Junkies auf Entzug gesehen.

»Es muss schon richtig gut sein«, sagte er, »dass jemand diese Höllenqualen in Kauf nimmt ... und dann trotzdem bei jeder sich bietenden Gelegenheit wieder zugreift.«

Stark antwortete nicht. Ihn interessierte nur noch, das hier hinter sich zu bringen.

»Also, Stark, du bist schlau genug, um zu wissen, dass dies hier jetzt nur ein Klaps auf die Hand ist, weil du gestern ausgerückt bist.«

»Ich konnte nicht ... es lief gerade etwas«, unterbrach ihn Stark.

Pat Crowley brachte ihn mit einer kurzen Handbewegung zum Schweigen. »Ich will's nicht hören. Du bist nicht gekommen, also hab ich dich holen lassen. Jetzt fühlst du dich beschissen, und mir ist das ziemlich egal ... denn für mich bist du nichts anderes als ein Stück Dreck. Du bekommst noch eine weitere Chance. Du bist für mich immer noch nützlich. Aber wenn wir hier fertig sind und ich dir befehle zu scheißen, dann will ich, dass du dich hinhockst und richtig feste drückst. Kapiert?«

Starks Kopf war nach vorn gesackt, aber er bekam jedes Wort mit und nickte. Es ging ihm viel zu schlecht, um diesen arroganten Scheißkerl zu hassen.

Crowley unterbrach die einseitige Unterhaltung lange genug, um eine Zigarette anzuzünden. Er atmete den Rauch langsam aus. »So, und was hast du jetzt für mich? Überhaupt irgendwas?«

Stark schüttelte den Kopf.

Crowley funkelte ihn an. »Zum Teufel mit dir. Ich buchte dich ein und schmeiß dann den Schlüssel weg.«

Er drückte sich von seinem Stuhl hoch. »Los! Runter zur regulären Aufnahme!«

Stark unterdrückte die erneut aufwallende Übelkeit. »Moment … eine Sekunde. Ich glaube, ich hab was.«

»Ich hoffe, es ist gut.«

»Mir geht's beschissen … kann nicht reden«, krächzte Stark. »Geben Sie mir einen Schuss, damit ich es Ihnen erzählen kann.«

Crowley richtete sich zur vollen Größe auf und grinste spöttisch. »Du machst wohl Witze. Spuck was aus, das mir gefällt, und dann kannst du in deinen Sumpf zurückkriechen und dir selbst helfen.«

Stark zuckte, versuchte sich zusammenzureißen, seinen zitternden Körper zu kontrollieren. »Die große Connection sitzt in La Jolla. Ich dachte zuerst, er bekäme seinen Stoff aus Hawaii, aber der Mann ist von hier.«

Crowleys blaue Augen funkelten interessiert. »Das reicht nicht für deine Kaution. Gib mir noch was. Wer ist der große Mann? Wo versteckt Momo seinen Stoff?«

Stark schüttelte den Kopf. »Ich weiß es nicht.«

Crowley wirkte entnervt. »Du machst keine großen Fortschritte. Vielleicht sollte ich Dummy stecken, dass du Momo verpfeifen willst.«

»Momo nimmt mich als Partner mit in sein Geschäft. Ich werde herausbekommen, wer seine Connection ist. Momo wird mich dem Mann vorstellen … aber es könnte noch ein paar Tage dauern. Der große Mann ist ausgesprochen vorsichtig. Scheiße, Sie machen mich fertig. Nehmen Sie ein bisschen Druck raus.« Plötzlich begann Stark wieder am ganzen Leib zu zittern, er hatte Krämpfe, seine Zähne klapperten. Obwohl das Schlimmste nach wenigen Sekunden vorbei war, bebte er immer noch deutlich sichtbar. »Hab einen Plan«, keuchte er. »Geben Sie mir was, damit ich reden kann … so geht's nicht.«

Crowley warf die aufgerauchte Zigarette lässig zu Boden, trat sie mit dem Absatz aus und ließ sich die Information langsam durch den Kopf gehen. »Wir haben keine Medikamente für abgewrackte Junkies. Du kannst dir selbst welche besorgen. Geh jetzt und ruf mich heute Nachmittag an, andernfalls machst du in einer Zelle deinen Entzug.« Crowleys Augen traten hervor.

Stark nickte einmal unsicher. »Wo ist mein Wagen?«

»Immer noch auf der Straße. Ich hatte dich eigentlich nicht hierbehalten wollen, deshalb haben wir ihn nicht abschleppen lassen. Ein Streifenwagen kann dich absetzen.«

»Rufen Sie mir einfach ein Taxi.«

»Wie du willst. Warte hier, ich gehe kurz runter und mache die Sache klar.«

Crowley ging hinaus, ließ die Tür angelehnt. Stark rührte sich nur einmal – um sich zur Seite zu beugen und ein paar gallige Reste aus seinem ramponierten Magen herauszuwürgen. Er wartete benommen und konnte an nichts anderes denken als an seinen nächsten Schuss. Es war ein Gefühl, als würde er sterben. Er hatte sich eingeredet, er sei kein richtiger Junkie, er setze sich nur gelegentlich mal gern einen Schuss. Die Nacht in der Zelle bewies das Gegenteil. Er würde sich einschränken müssen.

10

Es war reines Glück, das Stark vor mehreren Unfällen bewahrte, als er wie ein Irrer vom Panama Club zu Momos Wohnung fuhr. Er raste bei Rot über eine Ampel, ohne sie zu sehen. Ein Lastwagen wich mit kreischenden Bremsen aus, um einen Zusammenstoß zu verhindern; ein nachfolgendes Fahrzeug rauschte dem LKW hinten rein. Stark fuhr völlig rücksichtslos, fädelte sich durch den Verkehr, schlug immer wieder auf die Hupe und verfluchte langsamer fahrende Autos.

Bei Momos Wohnung vergaß er seine übliche Vorsicht und parkte direkt vor der Tür. Er stieg aus dem Wagen und rannte die Treppen hinauf, verlangsamte sein Tempo auch dann nicht, als sich ihm der Magen umdrehte und er trocken würgte.

Er klopfte an, lehnte sich total erschöpft gegen den Rahmen, keuchte, als bekäme er gleich einen Herzinfarkt. Niemand rührte sich. Stark wartete weniger als eine Minute, dann ging er in die Hocke und warf einen Blick durchs Schlüsselloch in die Wohnung. Nichts zu sehen, weil der Schlüssel von innen steckte. Er hämmerte jetzt gegen die Tür.

»Momo! Dorie! Macht auf. Mir geht's schlecht! Ich weiß, dass ihr da seid.«

»Wer ist da?« fragte Momo. An der Stimme erkannte

Stark, dass er direkt hinter der Tür stand. Und die Stimme war schrill und angespannt.

»Ernie Stark.«

Es folgte eine weitere Pause. »Bist du allein?« fragte Momo.

»Nein. Deine Mutter ist bei mir … Scheiße noch mal, mach auf. Mir ist kotzübel!«

»Warte einen Moment.«

Stark fluchte lautlos. Von innen drangen gedämpfte Geräusche zu ihm heraus. Sekunden verstrichen, die ihm wie Stunden vorkamen. Er hob eine Hand, um erneut anzuklopfen, als der Schlüssel gedreht wurde. Momos Gesicht tauchte über der Sicherheitskette auf, die Augen weit geöffnet, als er an Stark vorbei den Flur hinter ihm prüfte. Er ließ die Sicherheitsverriegelung aufgleiten, und Stark schlängelte sich hinein, leicht vornübergebeugt wegen der Magenkrämpfe.

»Ich muss mir einen Druck setzen«, sagte er.

Momo verriegelte die Tür wieder, rührte sich aber weder von der Stelle, noch sagte er ein Wort. Stark war irritiert. Er schaute sich nach Dorie um. Sie befand sich nicht im Raum, aber in der Ecke hinter der Tür stand Dummy, dessen eleganter italienischer Seidenanzug glänzte, während eine riesige 45er in seiner Hand baumelte. Das Gesicht des Stummen war unergründlich wie immer.

»Was ist los?« fragte Stark, in dessen Schmerzen sich nun Panik mischte. »Wozu die Kanone?«

Momo trat von der Tür zurück.

»Wir wussten nicht, wer es war. Du hast uns einen gehörigen Schrecken eingejagt … Hat sich angehört wie ein Trupp Bullen.« Er wies Dummy mit einer Handbewegung an, aus der Ecke zu kommen, und drehte sich dann zur Badezimmertür um. »Dorie, es ist okay, du kannst wieder rauskommen.«

Dorie Williams erschien, einen Schuhkarton ohne Deckel in Händen. Über den Rand konnte Stark den Inhalt sehen: mehrere Plastikpäckchen mit Stoff. Offensichtlich war sie ins Bad geschickt worden, um alles in der Toilette runterzuspülen, falls sich herausstellte, dass hinter dem Hämmern an der Tür tatsächlich die Bullen steckten. Hatte Dummy vielleicht gerade eine Lieferung gebracht?

»Mach mir einen Schuss klar«, bettelte er, ging zum Bett und warf sich darauf. Es ging ihm viel zu schlecht, um zu bemerken, dass niemand sich rührte. Momo und Dummy standen nebeneinander und beobachteten ihn; Dorie machte sich unsichtbar.

»Wo bist du gewesen?« fragte Momo.

Stark hob den Kopf, sah in ernste Gesichter und stützte sich auf einen Ellbogen. »Ich war auf dem Polizeirevier. Das wisst ihr verdammt gut.«

»Du bist aber nicht offiziell eingelocht worden«, sagte Momo misstrauisch. »Dummy hat gesehen, wie sie dich kassiert haben, und ich habe einen Kautionssteller im Gefängnis anrufen lassen.«

Stark musterte aufmerksam ihre kühl-distanzierten Gesichter und Dories verängstigte Augen. Er grinste spöttisch mit Blick auf die Kanone in Dummys Hand. »Was ist los mit dir, Momo?«

»Ich will wissen, wie du so schnell rausgekommen bist.«

»Ich hab deine Mutter verpfiffen. Sie wandert nach Alcatraz … Mann, sei doch nicht blöd. Du führst dich auf wie der letzte Idiot … Du und dieser stumme Penner da. Ich bin wieder rausgekommen, weil sie nichts gegen mich in der Hand hatten. Das war reine Schikane. Bevor sie mich kassierten, habe ich das letzte Heftchen geschluckt. Sie hatten keine Beweise, haben mich aber trotzdem mitgenommen.«

»Von uns hast du ihnen nichts erzählt, oder?«

»Mann, ich sag dir alles, wenn ich gedrückt habe. Im Moment geht's mir viel zu beschissen.« Plötzlich zitterte er stark, wie um seine Worte zu unterstreichen.

Momo blinzelte, durch Starks energische Widerrede verunsichert. Allerdings gab er auch keinen Zentimeter nach. »Ich will jetzt sofort was von dir hören.«

»Die haben gedacht, wenn ich über Nacht einen Turkey mache, würde ich reden. Hab ich aber nicht, also mussten sie mich laufen lassen. Die sind doch nicht hier, oder?«

Momo nickte zufrieden. Er berührte den Arm des Stummen und gab ihm zu verstehen, dass er die Kanone wegstecken könne. Sie verschwand in einem Schulterhalfter. Dummy bedeutete Momo, ihm in eine Ecke des Raumes zu folgen, wo er einen kleinen Block herausnahm und etwas daraufkritzelte. Momo las es und nickte dann zustimmend. Dummy signalisierte, dass er jetzt los müsse, fixierte Stark kurz, ignorierte das Mädchen völlig und ging.

»Wenn ich nicht so einen leeren Magen hätte«, sagte Stark, »würde ich quer über dein Bett kotzen.«

»Mann, tut mir leid. Dorie, hol was von dem Stoff. Wir müssen meinem Partner Medizin geben.«

Minuten später waren Dorie und Stark allein im Bad. Sie kochte das Heroin auf. Es fiel kein Wort, bis er die Nadel mit einem Ruck aus seinem Körper gezogen hatte. Die Übelkeit verschwand so schnell, als habe sie nie existiert. Er streckte sich, rümpfte die Nase über seinen eigenen Geruch und starrte Dorie an. Sie hatte ihn kaum angesehen, seit er die Wohnung betreten hatte.

»Was ist los, Baby?« flüsterte er. »Warum die kalte Schulter? Ich dachte, wir beide …«

»Es hat mir nicht gefallen, dich so fertig und schwach zu sehen. Hab mich richtig schlecht gefühlt dabei. Ich mag es nicht, wenn jemand Schmerzen hat.«

»Die Welt ist voller Schmerz, Baby, voller Verletzungen. Es ist ein Dschungel mit Löwen, Füchsen und Schlangen. Auch ich bin das alles, wenn es erforderlich ist. Sieh nur, wie ich mit den zwei Narren da drinnen fertig geworden bin. Ich knipse sie an und aus wie ein Licht.« Er sprach diese Worte mit einer solchen Verachtung, dass ihr vor Zorn das Blut ins Gesicht schoss.

»Klar, du Meisterverbrecher … aber Dummy hat deine Geschichte nicht geschluckt. Hast du das nicht mitgekriegt?« sagte sie. »Wenn ich mir vorstelle, dass es mir wegen dir mies ging.« Sie drehte sich weg. Schnell machte er einen Schritt vor und packte ihren Arm, hielt sie fest, während er sich vorbeugte und ihr ins Ohr flüsterte.

»Hör mir zu. Damit wir uns richtig verstehen: Ich bin ein Einzelgänger. Mein alter Herr war ein Junkie. Ich kenne dieses Leben schon, solange ich mich erinnern kann.

Du bist noch neu in dem Geschäft, und du schleppst immer noch deine fromme Kinderstube mit dir herum. Du weißt nicht, was dieses Leben auf der Überholspur wirklich bedeutet, und du hast noch nie jemanden wie mich kennengelernt. Aber ich habe auch noch nie eine Frau wie dich getroffen. Ich werde dir wehtun.« Ruhig fügte er hinzu: »Aber ich wünschte mir wirklich, ich könnte dir vertrauen. Ich weiß nicht, warum.« Er wurde rot, konnte nicht mehr sagen.

Dories Gesicht spiegelte ihre Verwirrung. Die gequälte Sehnsucht in seinen Worten, die so völlig unerwartet kam, machte sie verlegen. Sie konnte nicht antworten, wollte nicht antworten, und kehrte stattdessen in das andere Zimmer zurück. Als Stark seine Gefühle wieder unter Kontrolle hatte, folgte er ihr.

Momo hatte eine große Glasplatte aufs Bett gelegt. Darauf ausgeschüttet war eine Unze Heroin. Schnell und geschickt drückte er leere Kapseln in den Haufen und füllte sie. Neben ihm stand eine Schachtel mit orangefarbenen Luftballons. Wann immer er zehn Kapseln gefüllt hatte, wurden sie in einen Ballon gedrückt. Das Ganze wurde dann wieder verknotet. Wenn Crowley diese Scheiße nur sehen könnte, dachte Stark.

»Hast du dir einen guten Schuss gesetzt?« fragte Momo.

»Ja. Richtig gut. Hat sogar die Schmerzen getilgt, für die die Bullen verantwortlich sind.«

Momo nickte knapp und zufrieden, deutete dann aufs Bett. »Hilf mir, den Stoff zu portionieren. Ich will das schnell fertig haben.«

»Hast du's eilig?«

»Ja. Ich muss runter nach Malibu fahren.«

»Keine üble Ecke.«

»Ich hab einen guten Kunden da unten.«

»Ziemlich vornehme Gegend für einen Drogenfreak, oder? Und auch abseits deiner üblichen Trampelpfade.«

Momo wies auf die Kapseln. »Komm und hilf mir.«

Stark zog sich einen Stuhl heran und begann, Kapseln zu füllen. »Eigentlich«, fügte er hinzu, »ist Malibu so high class, dass man den Kerl keinen Drogenfreak nennen sollte. Er ist ein Süchtiger, ein armer Teufel.« Stark grinste über seine eigene Bemerkung.

»Er zahlt das Doppelte vom normalen Preis«, erklärte Momo. »Deshalb mache ich die Fahrt ja auch.«

»Cool. Vielleicht solltest du was von dem guten Stoff verschneiden. Kriegt er vielleicht gar nicht mit.«

Dorie umrundete das Bett und fing an, die gefüllten Kapseln in die Ballons zu stopfen.

»Vorhin hab ich mich richtig scheiße gefühlt«, sagte Stark. »Eine Kanone auf mich zu richten, als würdest du an unserer Partnerschaft zweifeln.«

»Das war Dummy. Der war so außer sich, dass es mir echt an die Nieren gegangen ist. Er mag dich nicht. Vertraut dir nicht. Sagt, ich solle dir auch nicht vertrauen. Ich an deiner Stelle würde mich vor ihm in Acht nehmen. Hast du ihm schon mal was getan?«

Plötzlich verschleierten sich Starks Augen und er kniff sie zusammen. Seine Hand verharrte mitten in einer Bewegung. »Ist das wahr? Ich kenne ihn schon ziemlich lange. Wir waren zusammen im Knast. Da hatten alle Angst vor ihm. Er hatte einen ziemlich üblen Ruf. Ich hab damals versucht, nett zu ihm zu sein. Hat anscheinend nicht viel gebracht.«

Momo zuckte die Achseln.

»Ich weiß nicht. Es ist irgendwas mit ihm. Im Knast hat er einen Kerl abgestochen«, fügte Stark hinzu.

»Wirklich?« fragte Dorie.

»Klar. Wie sonst sollte er sich in der Kiste einen Namen machen? Die Psychos werden in Ruhe gelassen.«

»Vergiss es«, sagte Momo. »Versuch einfach, ihm nicht in die Quere zu kommen.«

»Ich sollte ihn umbringen für die Idee, ich könnte meinen Partner verpfeifen«, brummte Stark mit unverblümter Wut vor sich hin.

»Mann, immer cool bleiben. Es ist nichts. Für mich bist du in Ordnung. Andernfalls wärst du nicht mein Partner. Er ist nur ein Laufbursche.«

Stark nickte, als nähme er das zähneknirschend an. Dabei hatte er die Morddrohung nur ausgesprochen, um Eindruck zu schinden.

»Vergiss Dummy und besorg uns lieber ein paar Dealer. Je schneller wir loslegen, desto schneller machen wir Asche.«

»Während du weg bist, werde ich nach Santa Ana fahren.«

Als sie fünfzehn Ballons mit Kapseln zusammen hatten, sammelte Momo alles ein und legte es sorgfältig zurück in den Schuhkarton.

»Wird Zeit für mich zu gehen.« Er sagte es auf eine Art, die klarmachte, dass Stark ebenfalls gehen musste.

»Gib mir zwei Gramm mit«, sagte er. »Eins zum Drücken und das andere als Probe.«

Momo warf ihm drei Ballons zu. Er holte seine Jacke und sagte Dorie, sie solle die Wohnung nicht verlassen und die Tür immer abgeschlossen halten. Die Sache mit der Tür sagte er hauptsächlich wegen Stark.

Die Männer gingen gemeinsam raus und trennten sich auf dem Bürgersteig. Sie verabredeten, sich abends im Panama Club zu treffen.

Stark fuhr ein paar Blocks und bog dann zu einer Tankstelle ab. Während sein Tank gefüllt wurde, ging Stark in eine Telefonzelle. Eine halbe Minute starrte er den schwarzen Apparat an, dann drückte er fest entschlossen eine Münze in den Schlitz und wählte die Nummer der Polizei. Er fragte nach Pat Crowley und wurde verbunden.

»Auf diesen Anruf warte ich jetzt schon eine Weile«, fauchte Crowley, bevor Stark mehr herausbrachte als seinen Namen. »Schwing deinen Arsch sofort her.«

»Ich kann in zehn Minuten da sein. Aber wenn ich das mache, werde ich für Sie nicht mehr von Nutzen sein. Ich hab hier Probleme. Wegen der Festnahme gestern Nacht hätte ich heute fast den Löffel abgegeben.«

»Was ist passiert?« fragte Crowley misstrauisch.

»Kann sein, dass Dummy Bescheid weiß. Er hat mir eine Kanone in den Bauch gerammt, wegen meiner Nacht auf dem Revier, ohne dass es eine konkrete Anklage gab. Ich hab mich aus der Sache herausreden können, aber ich würde es im Moment nicht drauf ankommen lassen. Dummy hängt mir an den Hacken. Er muss irgendwas ahnen. Er ist definitiv der Schutzengel des großen Unbekannten.«

»Interessant. Pass auf dich auf. Tot nützt du mir nichts.«

»Ja, danke. Wie ich schon sagte, wenn Sie mich zwingen, komme ich. Aber ich bin praktisch tot, wenn Sie das tun.«

Crowley schnalzte mit den Lippen. »Hm … Okay, einverstanden. Ich will dich nicht auf dem Gewissen haben.«

»Danke, mein Freund. Noch was, die ganze Geschichte hat mich etwas zurückgeworfen. Ich werde Momo fürs Erste nicht weiter bedrängen, was seine Connection betrifft. Er verdächtigt mich nicht, aber er glaubt, ich versuche, ihm die Braut auszuspannen. Und wegen der Connection wird er womöglich auch argwöhnisch, wenn ich zu viel Druck mache.«

»Du willst damit sagen, du bringst es nicht. Ist es das?«

»Nein. Ich meine, ich muss langsam vorgehen.«

»Wie langsam?«

»Ein paar Tage, eine Woche, woher soll ich das wissen? Bis ich sein volles Vertrauen habe.«

»Was hab ich zu verlieren?« dachte Crowley laut. »Ich kann jederzeit die Fahndung nach dir einleiten. Außerdem habe ich schon so viele deiner Geschichten geschluckt, da kann eine mehr auch nicht schaden. Bleib einfach in Verbindung, damit ich nicht wieder böse werde und dich holen lassen muss. Und diesmal wäre die richtig lange Behandlung fällig.«

Stark verließ die Telefonzelle, hatte weiche Knie vor Erleichterung. Er blieb kurz stehen, um sich eine Zigarette anzuzünden, und dachte über die Situation nach. Als er die Wohnung verlassen hatte, hatte er über den Telefonanruf hinaus keine weiteren Pläne gehabt, und nachdem der Druck nun plötzlich weg war, fühlte er sich leer. Es hatte sich angefühlt, als sei er von einer riesigen Meereswelle auf das Ufer zugewirbelt worden. Er hatte um jeden einzelnen Atemzug kämpfen müssen. Daneben hatte nichts anderes gezählt. Plötzlich hatte Crowley ihm eine Schwimmweste zugeworfen. Am Ende würde die Welle wieder zurückkommen, aber bis es so weit war, konnte er wenigstens atmen und handeln.

Als Stark jetzt an seiner Zigarette zog, war er beinahe heiter. Er begriff, wie groß die Belastung gewesen war. Er hatte einen Sieg errungen, auf seinem Standpunkt beharrt und sich behauptet, hatte Schläge eingesteckt und alle unterschiedlichen Interessen zu seinen Gunsten genutzt. Ein Schuss Selbstzufriedenheit perlte durch seine Adern. Dummy war jetzt sein einziges Problem.

»Du bist ein fetter Idiot, Bulle«, brummte er. Herausfordernd schnipste er die Zigarette gegen den Reifen eines vorbeifahrenden Autos. Die Kippe löste eine kleine Explosion orangefarbener Funken aus. Er stolzierte zu seinem Kombi hinüber und beschloss, genau das zu tun, was er Momo versprochen hatte: die vierzig Meilen nach Santa Ana zu fahren, um jemanden zu treffen, der als Pusher für ihren Stoff arbeiten konnte. Es war das, was sein Partner wollte. Und das Netzwerk würde auch dann noch Bestand haben, wenn dem Partner etwas zustoßen sollte. Der Aufbau guter Kontakte konnte eine Menge Möglichkeiten eröffnen. Statt den großen Hintermann an die Bullen auszuliefern, würde er sich zu gegebener Zeit seines Partners entledigen, indem er Crowley steckte, wo Momo seine Ware aufbewahrte.

»Der arme Hawaiianer«, sagte er ohne jedes Mitleid und wünschte, es gäbe jemanden, der seine Intrige bewundern könnte.

11

Hinter dem Kombi bauschte sich in der Nachmittagssonne der Staub zu einer dicken Wolke auf; Stark fuhr langsam die unbefestigte Straße hinunter, verglich die verblassten Nummern an den Häusern mit denen in seinem Adressbuch. Die Sackgasse, die zu den Orangenhainen führte, befand sich am Stadtrand von Santa Ana. Obwohl die Häuser, an denen er vorbeikam, nicht wirklich alt waren, hatte die Kombination aus billiger Bauweise und nachlässigen Bewohnern zu schnellem Verfall geführt. Auch gab es weder Bürgersteige noch Straßenbeleuchtung, und der ursprüngliche Schotterbelag der Straße war im Laufe der Zeit längst verschwunden, hatte nur Staub hinterlassen.

Fast am Ende des Blocks fand Stark die Adresse. Der weiße, von der Straße zurückgesetzte Bungalow wirkte deutlich mehr heruntergekommen als die meisten benachbarten Häuser. Der Anstrich war mit rötlichen Flecken überzogen. Die Fliegentür war zerrissen und hing durch. Wo ursprünglich ein weitläufiger Rasen vor dem Haus gewesen war, wucherte nun so ungehindert hohes Unkraut, dass es fast wie ein leer stehendes Baugrundstück wirkte. Ein ausgeschlachtetes Autowrack stand vergessen auf Hohlblocksteinen am Bordstein. In der Einfahrt stand ein zweisitziger Hot Rod mit geöffneter

Motorhaube, unter der ein Junge in ölbeschmierten Levi's und mit nacktem Oberkörper herumschraubte. Er drehte sich um und starrte den ramponierten Kombi ausdruckslos an.

Stark rutschte über den Vordersitz zur Beifahrerscheibe, erwartete irgendeine Form von Begrüßung. Es kam nichts, also öffnete er die Tür und stieg aus. Der magere, sommersprossige Jugendliche trat ein Stück vor.

»Was willst du, Mann?« fragte der Junge herausfordernd.

Stark grinste, versuchte, den Argwohn zu lindern. »Ich suche deinen Bruder. Also, ich glaube, er ist dein Bruder. Du siehst aus wie er. Alfie.«

»Oh ja. Und wer bist du?«

»Kein Bewährungshelfer und kein Bulle.«

Ehe der Junge noch etwas antworten konnte, öffnete sich die Fliegentür mit einem Quietschen und es tauchte der Kopf einer Frau mit harten Gesichtszügen auf, die ein rotes Halstuch um den Kopf trug. »Wer ist das, Clyde?« rief sie.

»Ein Typ, der Alfie sucht, Ma.«

»Ein Freund von ihm«, fügte Stark hinzu.

»Falls du ein Bulle bist«, brüllte sie, »er ist nicht hier, und er wird auch nicht kommen.«

»Sie wissen nicht zufällig, wo ich ihn finden könnte, oder, Ma'am?« rief Stark zurück und hoffte, ein schleppender Südstaatenakzent würde die Feindseligkeit nehmen. »Sehe ich vielleicht aus wie ein Bulle?«

»Eigentlich müsste er in der Hölle sein … aber wahrscheinlich ist er in 'nem billigen Stripschuppen mit irgendwelchen Junkies zusammen ... Typen wie dir. Und jetzt ziehst du besser ab, andernfalls ruf ich die Bullen.«

»Ich bin kein Junkie, aber ich geh trotzdem gleich.«

»Du hast hier nichts verloren, egal, was du bist!«

Er drehte sich bereits zum Gehen um. Clyde trat näher an ihn heran und sprach so, dass seine Mutter weder etwas sehen noch hören konnte. »Du machst besser einen Abgang, bevor sie noch die Cops ruft. Alfie ist wahrscheinlich im Pit Stop.«

»Was ist das?«

»Eine Kneipe zwei Meilen weiter den Highway hoch. Wenn Sie ihn sehen, sagen Sie ihm bitte, ich bin heute Abend da.«

»Werd ich ihm ausrichten. Danke.«

Stark fuhr etwa drei Meilen in Richtung Los Angeles und fand die Bar. Es standen nur vier Autos auf dem Parkplatz des unscheinbaren Gebäudes, das ursprünglich wohl etwas anderes als ein Nachtlokal hatte sein sollen. Es war hässlich und grau und niedrig, und die breiten Fenster waren überstrichen worden. Am Rand des Highways stand eine blaue Neonreklame. Ein größeres Schild erhob sich auf dem Dach. Beide verkündeten: PIT STOP. COCKTAILS. DANCING. An der Vorderseite des Gebäudes wies ein schlaffes großes Transparent darauf hin, dass die Arnold Hunter Combo an drei Abenden in der Woche dort live spielte.

Stark wusste, welche Sorte Unterhaltung hier nach Einbruch der Dunkelheit zu finden war. Lokale wie dieses schossen an den Highways außerhalb der Städte wie

Pilze aus dem Boden und bedienten eine Klientel, die schnell und laut und anspruchslos war.

Er stieg aus und drückte die schwere Tür auf. Drinnen war es schummrig und kühl. Die Tische waren mit einem Seil abgetrennt worden, aber die lange Theke war geöffnet, obwohl nur drei Gäste da waren – zwei junge Frauen in Kleidern, die zu dieser Uhrzeit, bei der Hitze und in dieser ländlichen Umgebung unpassend wirkten, und ein schlanker junger Mann in einem dünnen weißen Hemd, in dem er beinahe feminin wirkte. Sein rotblondes Haar war kurz wie das eines Collegejungen, und er trank einen Tom Collins.

Stark trat neben ihn. »Alfie.«

Der junge Mann drehte sich um. Sein Gesicht war glatt rasiert, gebräunt und mit Sommersprossen übersät. Seine grünen Augen waren klar und leuchtend. Er war Anfang zwanzig. Er lächelte und zeigte dabei gleichmäßige, perlweiße Zähne. »Ernie Stark, du Penner! Wo sind die zehn Dollar, die du dir von mir geborgt hast?«

Stark lachte. »Diese Schulden sind doch längst verjährt.«

Sie schüttelten sich die Hand. Er nahm den nächsten Barhocker und bestellte sich auch einen Tom Collins. Der Barkeeper ging, um das Getränk zu mixen.

»Vergiss die Kohle«, sagte Alfie. »Ich hab im Knast Wertvolleres von dir gelernt. Hätte nicht gedacht, dich noch mal wiederzusehen.«

Stark zuckte mit den Achseln. »Das weiß man nie in der Unterwelt.«

»Was führt dich in diese Gegend?«

»Ich hab dich gesucht.«

Alfie verzog das Gesicht. »Wie hast du mich gefunden?«

»Dein kleiner Bruder. Ich bin bei dir zu Hause gewesen. Er hat mir gesagt, wo ich dich finde. Ach, übrigens, er meinte, ich soll dir sagen, er wird später kommen.«

»Er will Gras. Du kannst froh sein, dass er da war. Meine Ma hätte dir nie was gesagt.«

»Sie wollte die Bullen rufen.«

Alfie lachte und schüttelte den Kopf, wurde dann wieder ernst. »Egal, was führt dich zu mir? Bist du auf der Flucht?«

»Nein. Ich will dir ein Geschäft vorschlagen. Du siehst aus, als ging's dir ganz gut.«

»Du hast mir ja selbst ein paar Tricks beigebracht. Ich hab 'ne kleine Braut, die da draußen für mich anschaffen geht, und hier bin ich der Nacht-Barkeeper. Es ist nicht sagenhaft, dafür hab ich aber auch keinen Stress und der T-bird da draußen gehört mir ... mir und der Bank of America.«

»Nimmst du irgendwas?«

Alfie ließ das Getränk in seinem Glas kreisen und schaute hinein. »Ein bisschen. Aber ich häng nicht an der Nadel. Warum? Hast du was?«

»Falls du dir einen Schuss setzen willst ... Wo kriegen wir ein Besteck her?«

»Auf der Toilette da hinten. Ich hab ein Besteck.«

Der Barkeeper brachte seinen Drink, und als Stark bezahlen wollte, winkte Alfie ab. Zu dem Barkeeper sagte er: »Schreib's auf meinen Deckel.«

»Danke, Kumpel«, sagte Stark.

»Keine Ursache.« Alfie grinste. »Ich geb dir einen Drink aus, und du mir einen Druck. Ich komme dabei besser weg.«

Stark trank einen Schluck von dem süßen Cocktail. »Ziemlich gut. Nach dem Druck wird's noch besser schmecken. Komm, lass uns abheben.«

»Du hängst richtig dran, oder?« sagte Alfie und rutschte vom Barhocker. Sie gingen an der Theke entlang nach hinten.

»Wie viele Junkies gibt's in Santa Ana?« fragte Stark.

»Neun oder zehn ... Süchtige. Fünfzehn oder zwanzig weitere, die gelegentlich mal was nehmen.«

»Kennst du sie?«

»Die meisten, schätze ich.« Alfie öffnete die Tür zur Herrentoilette und schob den Riegel vor, als sie drin waren. Unter dem Waschbecken holte er ein Besteck hervor, das in ein Taschentuch eingewickelt war. Sie schwiegen, bis sie sich die Spritzen in die Venen gejagt hatten. Alfie rieb mit einer Fingerspitze über ein Stück Seife und massierte dann sorgfältig den roten Einstichpunkt auf seinem Arm.

»Das ist verdammt gutes Zeug«, sagte er mit rauer Stimme und sah Stark mit glasigem Blick an.

»Um was geht's?«

»Lass uns wieder reingehen.«

Alfie versteckte das Besteck wieder unterm Becken, und die beiden Männer kehrten in die schummrige Bar zurück. Die Mädchen waren weg, und der Barkeeper funkelte die Männer missbilligend an. Aber es ging ihn nichts an, also hielt er sich zurück.

Der eisgekühlte Cocktail schmeckte jetzt besonders gut, Stark hatte einen trockenen Mund. Alfie wartete. Sie steckten die Köpfe zusammen, und mit gedämpfter Stimme erzählte er Alfie von seinem Plan. Das markante Gesicht des jüngeren Mannes wirkte konzentriert, während er zuhörte; in seinen grünen Augen loderte die Lust des Jägers. Dennoch glühte er nicht vor Begeisterung; sein Interesse wirkte gebremst. Stark spürte die Zurückhaltung und unterbrach sich.

»Was ist los, Mann? Willst du nicht einsteigen? Falls nicht, vielleicht gibt's hier jemand anderen, der Geld machen und dabei auch noch für sich selbst Stoff abzweigen will. Es ist ein guter Deal. Es wird ständig Nachschub geben, und ein Kurier wird die Lieferungen durchführen.«

Alfie schüttelte den Kopf. »Das ist es nicht. Ich würde ja selbst einsteigen, nur glaube ich nicht, dass du genug Stoff ranschaffen kannst, damit es sich wirklich lohnt.«

»Warum nicht? Zehn Abhängige kaufen regelmäßig ein, das macht zwei- oder dreihundert brutto am Tag. Die anderen, die Sonntagsjäger, kommen auch noch richtig auf die Nadel, wenn der Nachschub kontinuierlich reinkommt. Du weißt, wie das läuft.«

»Der Nachschub ist auch heute schon konstant.«

»Dealt hier irgendein anderer?«

Alfie nickte. »Niemand aus der Gegend. Einer dieser großen mexikanischen Drogendealer hatte die gleiche Idee wie du. Er hat einen Kerl, der jeden Tag den Nachschub liefert. Nicht nur hier in Santa Ana, sondern in allen kleinen Städten der Gegend. Hab gehört, die bringen ganze Wagenladungen von dem Stoff her.«

»Scheißkerl«, fluchte Stark.

»Der Stoff ist nicht so gut wie deiner, aber die meisten Kunden sind Mexikaner, und die würden immer zuerst von einem Mexikaner kaufen. Für zwei Connections gibt es hier nicht genug Platz.«

Für Stark war das ziemlich ernüchternd. Während er seinen Plan dargelegt hatte, war er selbst immer mehr davon überzeugt. Seine eigenen Worte hatten seiner Fantasie Vorschub geleistet. Jetzt hatte er ein großes Problem. Einen Konkurrenten. Schweigend blickte er in den Raum.

»Ach, scheiß drauf«, sagte er. Er saugte heftig an seiner Zigarette, stieß den Rauch als Ausdruck seiner Wut in einer festen, geraden Wolke aus und ließ dann die Kippe zischend in sein Glas fallen. Unmut verfinsterte sein Gesicht.

»Scheiße, jetzt muss ich mir über dreckige Mexikaner den Kopf zerbrechen«, zischte er frustriert.

»Ja, ich weiß, ist ein ziemlicher Scheiß«, sagte Alfie achselzuckend. »Ich würde auch gern ein paar Hunderter die Woche verdienen … Und es wäre total locker und cool. Hier gibt's keine Bullen, die sich um harte Drogen kümmern.«

»Ich wünschte, das könnte ich über Oceanview auch sagen.« Stark dachte an das pausbackige Gesicht von Crowley. Er wusste, dass es nicht mehr sehr lange dauern würde, bis der Cop wieder Stress machen würde. Bei dem Gedanken daran zuckte er bereits zusammen. Die euphorische Stimmung, in der er auf der Fahrt nach

Santa Ana gewesen war, hatte sich plötzlich in Luft aufgelöst, trotz des Schusses, den er sich vorhin erst gesetzt hatte. Seine Abhängigkeit wurde stärker.

»Mann«, sagte er. »Da habe ich das beste Produkt, weiß aber nicht, wie ich es auf den Mark bringen soll. Und ich bin umzingelt von beschissenen Latinos. Verdammt, du kannst dir gar nicht vorstellen, was für ein Theater ich hinter mir hab.«

»Falls du ein bisschen Kohle brauchst, einen Fünfziger kann ich dir geben. Du wirst es mir nicht zurückzahlen, aber ich kann's mir leisten.«

»Nein. Ich brauche kein Geld. Ich brauche ein Lächeln von Gott, oder so was Ähnliches.«

»Auf den Himmel hab ich keinen Einfluss«, meinte Alfie grinsend, wurde dann ernst und schüttelte den Kopf. »Ich weiß nicht, was ich dazu sagen soll. Ich kann mir sehr gut vorstellen, wie du dich fühlst, du sitzt da auf deiner Goldmine und weißt nicht, wie du das Zeug rauskriegen sollst.«

»Mein Partner sieht aus wie ein Mexikaner, aber er spricht kein Spanisch. Er ist Hawaiianer. Würden sie von ihm kaufen …« Er ließ den Satz ausklingen, und seine Gedanken wanderten zu Dorie. Jedes Gefühl für eine Frau war in seiner Welt ein Zeichen von Schwäche. Diebe und Zuhälter würden sich über ihn kaputtlachen. Es gefiel ihm nicht, dass er ständig an sie dachte. Er schob das Problem beiseite und wechselte das Thema.

»Hast du irgendwen aus dem Knast gesehen?«

»Ein paar Landeier«, sagte Alfie. »Martin, der alte Scheckfälscher, kommt manchmal her auf der Suche nach jungen Mäuschen. Meine Alte hat ihn ein paarmal geschröpft.« Alfie blickte auf sein leeres Glas und versuchte den Barkeeper auf sich aufmerksam zu machen. Dann strahlte er plötzlich. »He, erinnerst du dich noch an diese beiden Kids in der letzten Zelle?«

Stark grub tief in seiner Erinnerung. »Johnson und Kleger. Ja, ich erinnere mich.«

»Die sind ein paarmal vorbeigekommen. Haben von Sacramento bis San Diego so ziemlich alles überfallen. In Stockton haben sie einen Supermarkt zusammengeschossen. Das sind nur zwei junge Strolche, aber sie haben die Taschen voller Geld und Schulterhalfter mit dicken Kanonen. Die sind hier rumstolziert wie Billy the Kid, haben jeder zwei Drinks genommen und konnten nicht mehr stehen. Meine Alte hat einen von ihnen für hundert Pesos gevögelt.«

»Die haben eine kurze Lebenserwartung.«

»Machen aber Geld. Leben ein gutes Leben.«

»Gut«, wiederholte Stark sarkastisch. »Dann haben sie wenigstens eine schöne Erinnerung während all der Jahre, die sie noch sitzen werden. Falls sie sich nicht abknallen lassen, werden sie sich locker für ein paar Dutzend Jahre verabschieden.«

Alfies Begeisterung versickerte angesichts von Starks Reaktion. Er gab dem Barkeeper ein Zeichen und deutete auf das Glas.

»Ja, das sind verfluchte Narren«, stimmte er zu. »Sie leben in einer Absteige namens Rendezvous Motel auf der anderen Seite von Disneyland. Haben angerufen und wollten, dass ich ihnen Gras vorbeibringe. Aber ohne mich. Mann, am Ende lande ich bei denen noch mitten in einer Schießerei mit den Cops. Das ist nicht mein Stil. Diese Pistoleros sind völlig durchgeknallt.«

Stark schüttelte den Kopf. »Ich weiß, was du meinst. In der Unterwelt geht's heute nur noch darum, zu überleben und den Kopf unten zu halten. Geschichten mit Schrotflinten und großen Dingern gehören in die Dreißiger.«

Die Unterhaltung starb eines natürlichen Todes, jeder von ihnen schweifte gedanklich ab.

Stark leerte einen weiteren Drink und verabschiedete sich dann. Sie tauschten ihre Telefonnummern aus, Alfie gab ihm die seiner Wohnung, und Stark notierte die des Panama Club.

»Wenn du irgendwas laufen hast, setz dich mit mir in Verbindung«, sagte Alfie. »Ich will genug zusammenkriegen, um mir eine eigene Bar zu kaufen, und mich dann zur Ruhe setzen.«

»Mit achtundzwanzig?«

»Die beste Zeit.«

»Vielleicht hab ich tatsächlich was. Kannst du ein Treffen mit dem hiesigen Mex-Dealer arrangieren?«

»Wann immer du willst. Sag mir nur ein paar Stunden vorher Bescheid.«

Stark stand auf und winkte zum Abschied. Alfie blieb sitzen.

»Setz dir keinen goldenen Schuss«, warnte er Stark lächelnd. Stark drückte Alfies Bizeps auf kumpelhafte Art, zwinkerte ihm zu und ging dann hinaus in den blendend gelben Sonnenschein Südkaliforniens.

Der Highway war ein reißender Strom aus Fahrzeugen, schnellen Auto-Projektilen, die an unnachgiebigen Lastwagen vorbeischossen. Er schloss sich diesem Fluss an, hielt den Kombi auf einer langsameren Spur hinter einem Schulbus, der ausgelassene Kids nach Hause karrte.

Im Radio wurde ein Spiel der Dodgers übertragen, und er hörte mit einem Ohr zu, während er über seine Situation nachdachte. Es war nicht Besorgnis, die an ihm nagte, sondern eher eine zähe Wut. Er hatte das Gefühl, sich gegen mehrere Gegner gleichzeitig verteidigen zu müssen und sich nicht genug Zeit nehmen zu können, einen zu erledigen.

Die Idee kam vollkommen unerwartet. Von einem Augenblick auf den nächsten hatte er einen Plan, und nach etwas gründlicherer Überlegung und gewissen Modifikationen und Erweiterungen wurde er sogar noch besser. Es war ein raffinierter Schachzug: er würde Pat Crowley matt setzen, gleichzeitig das mexikanische Netzwerk benutzen und sich so den Weg ebnen, Momo aufs Kreuz zu legen. Das kam ihm so clever vor, dass er lachen musste. Er lachte so sehr, dass er um ein Haar nicht bemerkt hätte, dass der Bus vor ihm anhielt. Er trat voll auf die Bremse und riss das Steuer heftig herum, um einen Zusammenstoß zu vermeiden. Das ernüchterte ihn vorübergehend, doch als der Highway wieder frei war, musste er erneut über die Genialität seines Plans grinsen.

Ein Blick auf seine Armbanduhr verriet ihm, dass immer noch genug Zeit war, um Los Angeles zu erreichen.

Er begann die Augen nach der nächsten Wendemöglichkeit offen zu halten. Die ganze Strecke über war er nervös.

12

Der kräftig gebaute Mann mit blaugrauen Augen und der platten Nase eines ehemaligen Berufsboxers saß hinter dem überfüllten Schreibtisch und hörte aufmerksam zu, wobei er gedankenlos eine nicht brennende Meerschaumpfeife befingerte. Ein großer Teil der Wand hinter ihm wurde von einer Landkarte Südkaliforniens eingenommen. Er war der ranghöchste Beamte der Rauschgiftfahndung dieser Region.

Starks Vorschläge sprudelten nur so aus ihm heraus, dabei rang er ängstlich seine Hände. Er gab sich unterwürfig, hielt den Blick gesenkt – obwohl sein Verstand rasiermesserscharf arbeitete. Als ihm fast die Worte ausgingen, hob der Mann hinter dem Schreibtisch eine Hand, um ihm Einhalt zu gebieten. Es folgte ein langes Schweigen. Der Beamte dachte stirnrunzelnd über das nach, was er gerade gehört hatte.

»Das ist interessant«, sagte er. »Es klingt vernünftig, aber auch sehr merkwürdig. Sie kommen hierher, um jemandem etwas anzuhängen, weil Lieutenant Crowley – ich kenne ihn übrigens – einen Deal mit Ihnen gemacht hat, den Sie nicht einhalten können.«

»Es ist die Wahrheit, Mr. Wilson. Ich kann Ihnen helfen, aber ich kann nicht beschaffen, was er haben will. Er interessiert sich nicht für East L.A. oder Santa Ana. Das ist nicht sein Revier. Aber es ist Ihres. Wenn es mir gelingt, aus dieser Sache heil herauszukommen, werde ich mein Leben in Ordnung bringen.«

Wilson schnaubte. »Kommen Sie mir nicht mit so einer Scheiße. Sie wollen doch nur wieder ein bisschen Land sehen.« Wilson grübelte weiter, das Gesicht in Falten. Stark bekam erste Zweifel; er suchte nach irgendeinem Hinweis in Wilsons Miene, einem Zeichen. Schließlich traf der Mann eine Entscheidung. »Ich habe nichts zu verlieren. Sie sind aus freien Stücken hier hereinspaziert. Ich kann Crowley nicht vorschreiben, was er tun soll. Aber ich kann mit ihm reden, und er wird mit mir übereinstimmen, da bin ich ganz sicher. Ich habe von diesem Zustellnetz gehört. Eine ziemlich große Sache. Die Kleinstädte haben keine anständigen Drogendezernate, also liegt es an mir.«

»Ich bin dabei«, sagte Stark, und er log nicht.

»Sind Sie sicher, dass Sie es schaffen können?«

»Deshalb bin ich hier. Hab ich Ihnen etwa nicht die Wahrheit gesagt?«

Mr. Wilson nickte langsam. »Ja, das muss ich zugeben. Wie lange brauchen Sie, bis Sie alles vorbereitet haben?«

»Wie ich schon sagte, ich mach's auf meine Art. Den Kurier kann ich morgen erreichen, aber wir müssen ein paar Tage warten, bis ich an seinen Chef rankomme. Dann werde ich irgendwas einfädeln, eine große Lieferung, und unterwegs schnappen Sie ihn sich dann.«

Der Beamte der Staatspolizei stopfte langsam seine Pfeife mit Tabak, ließ dabei Stark keine Sekunde aus den

Augen. Er sprach erst wieder, als er die Pfeife angezündet hatte und Rauch sich um sein Gesicht kräuselte. Er schien Stark direkt in die Seele zu schauen.

Stark fühlte sich nackt, war nervös. Der Mann machte ihm Angst. Er wünschte, er wäre nicht hergekommen, und obwohl das zu seinem Plan gehörte, wollte er jetzt nur noch diesem stechenden Blick entfliehen. Dann fiel ihm etwas ein.

»Das ist jetzt kein Problem des Rauschgiftdezernats«, sagte er, »aber da gibt es ein paar Kids, die Supermärkte überfallen … schießwütige kleine Wichser. Die stehen auf der Fahndungsliste ziemlich weit oben. Johnson und Kleger.«

»Was ist mit denen?«

»Die haben sich im Rendezvous Motel verkrochen, beim Disneyland.«

Wilson griff nach dem Telefon. Er war Stark gegenüber inzwischen nicht mehr so misstrauisch. Stark seufzte und schaute aus dem Fenster. Es wurde spät; die Sonne begann hinter einem Smogschleier unterzugehen.

Es war schon fast dunkel, als der Kombi langsamer wurde und die Vororte von Oceanview erreichte. Die Straßenlaternen der Boulevards warfen ihren strahlenden, sterilen Schein in Pfützen über den Asphalt, ließen den gewachsten Lack vorbeirasender Autos aufblitzen und in unterschiedlichen Schattierungen schimmern.

Das Autoradio lief, Stark hörte sanfte Musik und wartete auf die Baseballergebnisse. Die stündlichen Nachrichten erwähnten Ereignisse aus den entlegensten Ecken der

Welt und berichteten dann, als Stark fast schon zu Hause war, dass ein Polizist der Highway Patrol und ein Verdächtiger bei einer Schießerei in einem Motel in Anaheim ums Leben gekommen seien: Officer William Canton und ein zwanzigjähriger ehemaliger Strafgefangener namens Donald Kleger. Stark spitzte die Ohren. Ein zweiter Krimineller war mit Tränengas ausgeräuchert worden und hatte sich ergeben. Der Polizeibeamte hinterließ eine Ehefrau und drei Kinder.

»Vollidioten«, brummte Stark und dachte an Kleger und Johnson. »Das haben sie jetzt davon, Billy the Kid zu spielen …« Der eine war tot, und der andere würde wegen des Cops in die Gaskammer gehen. Stark hatte keinerlei Schuldgefühle. Er wünschte sich, er könnte das Leben eines Kriminellen häufiger gegen das eines Cops tauschen …

Eine Minute später waren sie schon Geschichte. Stark stellte sich Crowley und den Ausdruck auf seinem Gesicht vor, wenn Wilson mit ihm sprach. Er musste kichern. Vielleicht würde Crowley sich in einen Herzinfarkt hineinsteigern und krepieren. Leider wäre das wahrscheinlich zu viel des Guten. Und was die Mexikaner betraf: die waren so blöd, die würden weder wissen, wie noch warum sie erwischt worden waren.

Momos Apartment lag keinen Block von seiner Route entfernt, also machte Stark einen Abstecher. Doch das Mietshaus war leer. Er fuhr zu seinem eigenen Apartment weiter, um zu baden, sich einen Schuss zu setzen und die Kleidung zu wechseln. Auf dem Weg zurück in die Stadt hielt er bei einem Steakhouse am Strand, verputzte gemütlich ein Kotelett und machte der empörten Kellnerin ein unsittliches Angebot.

Es war neun Uhr abends, als er langsam am Eingang des Panama Club vorbeirollte und sich vergewisserte, dass keine Streifenwagen am Bordstein parkten. Er bog an der nächsten Ecke ab und parkte in der im Dunkel liegenden Seitenstraße. Dann betrat er den lärmerfüllten Raum und ließ den Blick an der Bar entlangwandern. Keine Bullen. Ein auffällig gekleideter Zuhälter schnauzte seine schmollende Nutte unter Androhung von Gewalt an. Stark sah sich das Schauspiel an, verzog die Lippen zu einem anzüglichen Grinsen; wahrscheinlich hatte die Schlampe nicht genug Geld abgeliefert oder hatte zu viel Zeit mit einem Freier verbracht.

Eine Gruppe Marines mit zerzausten Uniformhemden und blutunterlaufenen Augen saß an einem Tisch und versuchte, die R&B-Nummer aus der Jukebox mitzusingen. Eine müde Bardame servierte ihnen Flaschenbier, während sie gleichzeitig geschickt ihren grabschenden Händen auswich.

Durch den Rauch und den Lärm hindurch lokalisierte er Momo, Dorie und Dummy an einem Ecktisch. Ein junger Mann, den Stark als ortsansässigen Junkie kannte, stand vor ihnen, die Hände auf die Tischkante gestemmt, während er ernst auf Momo einredete. Als Stark näher kam, konnte er sehen, dass der Bursche schwitzte und in Schüben erzitterte.

»Das Geld kommt morgen, ich schwör's dir bei Gott, Momo …«

Momos Gesicht verhärtete sich. Dorie war blass, das

Gejammer schien ihr peinlich zu sein. Dummys kalte Augen fixierten das gequälte Gesicht des bettelnden Mannes. Er las seine Lippen.

»Was ist los?« fragte Stark und trat neben den Mann.

»Der Penner hier will Stoff auf Kredit, hält mich für eine beschissene Bank!«

Bevor Stark antwortete, klopfte er Dummy kameradschaftlich auf die Schulter, bemerkte, wie der sich bei der Berührung verkrampfte und ihn dann wütend anfunkelte.

Der Junkie sah jetzt Stark an, sein Gesicht war schmerzverzerrt. Er kochte vor Wut wegen der Störung, auch wenn er Stark zumindest vom Sehen, wenn nicht gar mit Namen kannte.

Ehe der Mann etwas sagen konnte, ergriff Stark das Wort. »Du willst also Stoff auf Pump, ja? Du siehst aus, als ging's dir ziemlich beschissen.«

Der Mann zögerte, wusste nicht, was er sagen sollte. Schließlich nickte er. »Warum? Hast du was?«

»Hm-hm. Vielleicht geb ich dir Kredit.«

»Mann, mir geht's verdammt dreckig.«

Momo öffnete den Mund, wollte protestieren, doch Stark winkte ab.

»Das wird dich was kosten«, sagte Stark. »Zinsen und Verwaltungsgebühren.«

»Wie viel?«

»Ich gebe dir ein Gramm für fünfzig Dollar.«

»Das ist fast der dreifache Preis«, jammerte der Mann.

»Hast du denn sonst schon mal gehört, dass Stoff auf Kredit verkauft wird? In unserer Welt gibt es zwei Dinge, die ausschließlich über Cash laufen: Stoff und Muschis. Wenn dir der Tarif nicht passt, fahr rauf nach L.A. und schau mal, ob du da irgendwo Kredit kriegst.«

»So weit kann ich nicht fahren. Mir geht's beschissen.«

»Und selbst wenn du's könntest, würde dir keiner was auf Pump geben. Also sitzt du jetzt hier und hast nur meinen Preis. Was willst du tun?«

Der Schmerz grub sich tief in das Gesicht des Junkies. Tränen schossen ihm in die Augen. Stark grinste spöttisch, während er bereits an den restlichen Kapseln in seiner Tasche herumfingerte. Er wusste ganz genau, was der Kerl durchmachte.

»Wann muss ich zahlen?«

»Wenn du das nächste Mal kommst, um einen Hit zu landen. Falls ich nicht hier bin, gibst du Momo die Kohle. Und wenn du's nicht hast, verlässt du besser die Stadt. Wir werden dich finden.«

Der Mann nickte nervös, als Stark den Ballon aus seiner Tasche zog und auf die schweißige Handfläche legte. Der Kerl machte auf dem Absatz kehrt und stürmte hinaus, prallte an einen Tisch, ohne aus dem Schritt zu kommen. In ein paar Minuten würde die Erinnerung an die Schmerzen verschwinden.

Stark zog einen Stuhl vor und zwinkerte Momo zu. »Du hast doch nicht wirklich gedacht, ich würde schwach, oder?«

»Keine Ahnung. Glaubst du, er wird bezahlen?«

»Klar. Er bezahlt, oder er verlässt die Stadt. Du bist … wir sind die einzige Connection. Außerdem war's sowieso nur etwas mehr als ein halbes Gramm.«

»Du bist ein Schwein«, sagte Dorie angewidert. »Der Typ hatte höllische Schmerzen. Hast du nicht gerade erst genau den gleichen Mist mitgemacht? Wo ist dein Mitgefühl?«

»Halt's Maul«, fauchte Momo.

»Ja«, sagte Stark kühl, wobei sich sein Blick in ihre Augen bohrte. »Sei einfach still. Du verstehst das nicht. Du musst weder stehlen noch deine Muschi verkaufen, damit's dir nicht dreckig geht. Also kümmere dich um deinen eigenen Kram. Du kannst nicht die Last der Welt auf deinen Schultern tragen. So ist nun mal das Leben, das wir führen – eiskalt und dreckig. Ein Kampf jeder gegen jeden.«

Dorie wurde rot und verstummte.

Stark sah Dummy an und begrüßte ihn in Zeichensprache. Der Stumme antwortete, blieb aber angespannt. Stark fragte, was los sei. Dummy tat es mit einem Achselzucken ab und richtete nur einen Finger auf ihn, so als hielte er eine Kanone in der Hand. Diese Reaktion ließ bei Stark kurz Besorgnis aufflackern, erinnerte sie ihn doch an die Knarre in der Hand des Stummen früher an diesem Tag. Einen Moment lang überkam ihn Angst, dann wandte er sich wieder den Geschäften mit Momo zu.

»Ich habe mich mit meinem Kontaktmann in Santa Ana getroffen. In ein paar Tagen muss ich wieder hin, aber es wird klappen. Er kann ungefähr eine Unze pro Tag verschieben.«

»Scheiße, das ist mehr, als ich momentan umsetze.«

»Das ist noch gar nichts. Morgen oder übermorgen werde ich rüber nach San Bernardino und Riverside fahren und mich noch mit einigen anderen Leuten treffen. Wir werden in der Kohle baden.«

Momo strahlte. »Ja, Mann.« Er sah Dorie an, die mit gesenktem Blick an ihrem Drink nippte, immer noch gekränkt von Starks Worten.

»Hast du das gehört, Baby? Wir werden richtig groß Kohle machen. Ich bringe uns raus aus dieser miesen Bude. Du wirst Klamotten bekommen, die den Verkehr zum Erliegen bringen. Vielleicht besorgen wir dir sogar einen kleinen Sportwagen. Wie wär das?«

Stark beobachtete Dories Gesicht. Er sah, dass ihr Lächeln gezwungen und unaufrichtig war. Dorie brauchte keine Geschenke, aber Momo bekam davon nichts mit, plapperte weiter über den großen Cadillac, den er sich kaufen würde.

Dummy achtete nicht auf sie. Er starrte quer durch den überfüllten Raum eine eurasische Prostituierte in einem engen Kleid an, das auf Kniehöhe einen Schlitz hatte. Sie war ein Neuzugang im Rotlichtbezirk von Oceanview. Stark wusste, dass der Stumme sich gelegentlich eine nahm, häufig auch ohne Bezahlung, allerdings nur bei solchen Nutten, die nicht zur Polizei gehen konnten. Vor langer Zeit hatte mal ein aufgebrachter Zuhälter wegen dieser Gratisnummern Ärger gemacht und war prompt erschossen aufgefunden worden. Es hatte eine Festnahme gegeben, aber keine Augenzeugen. Seit dieser Zeit wurde Dummy von den einheimischen Huren als eine Art Berufsrisiko akzeptiert. Sie gaben lieber nach und vermieden so blaue Flecken, durch die sie womöglich eine ganze Weile aus dem Verkehr gezogen werden konnten. Tatsächlich schienen die meisten sogar ihren Spaß mit Dummy zu haben, der den Ruf hatte, auf bizarre Sachen zu stehen.

Stark bestellte sich einen Drink und fischte eine Zigarette heraus. Er hatte keine Streichhölzer und gab Dummy mit einem Zeichen zu verstehen, dass er Feuer brauche. Der Stumme zog ein Streichholzheftchen hervor und schnipste es auf den Tisch. Stark sah über die offensichtliche Provokation hinweg, riss ein Streichholz an und schloss das Heftchen wieder. Er warf einen kurzen Blick auf die goldenen Buchstaben des Werbeaufdrucks auf dem blauen Papier. Für einen Sekundenbruchteil zuckte er zusammen.

Aztec Travel Agency, La Jolla, Kalifornien.

Das Aztec Reisebüro war auf Touren durch Mexiko spezialisiert. So stand es auf der Rückseite des Streichholzheftchens, in goldenem Kursivdruck. Das war es: die Connection. Es bestand nicht der geringste Zweifel. Jemand in der Aztec Travel Agency war Momos Nachschubquelle. Dort hatte Dummy, der Kurier, die Streichhölzer eingesteckt. Warum sonst sollte Dummy ein Reisebüro aufsuchen? In La Jolla?

Lässig warf Stark die Streichhölzer zurück und versuchte an den Gesichtern abzulesen, ob jemand seine Überraschung bemerkt hatte. Anscheinend nicht. Er paffte an seiner Zigarette und schlürfte den Drink, ganz aufgewühlt von seiner Entdeckung. Das Puzzle war fast vollständig, es fehlten nur noch wenige kleine Steinchen. Später würde er einen Plan ausarbeiten, um die Information sinnvoll zu nutzen. Jetzt musste er cool bleiben, obwohl er sich bereits ausmalte, wie scharf Crowley auf diese Neuigkeit sein würde. Mit dieser kostbaren kleinen Information ließe sich bestimmt gut handeln, sollte es noch mal eng werden. Wichtiger noch, es war das letzte Hindernis vor dem Coup gegen Momo. Er musste jetzt nur noch einen Deal mit dem großen Mann arrangieren, und er hatte bereits eine ungefähre Vorstellung, wie er das anpacken konnte.

Dories Stimme unterbrach seine Träumereien. »Du siehst aus wie 'ne Katze, die einen Kanarienvogel gefressen hat.«

Er blinzelte und grinste. »Genau so fühle ich mich auch, Baby. Alles läuft gut, besser als wir erwartet haben. Scheiße, schon sehr bald haben wir die Taschen voller Geld. Denk nur an all die schönen Sachen, die dir dein Macker besorgen wird.«

Dories Gesicht verfinsterte sich kaum merklich. Stark sah es, Momo aber nicht. Er war leicht angetrunken und griff liebevoll herüber, um Starks Schulter zu drücken.

»Das ist mein Partner«, sagte er.

Dummy beobachtete sie; seine eisblauen Augen verrieten nichts, schienen aber alles zu sehen. Er war wie eine Kobra, bereit, jeden Augenblick zuzuschlagen. Er war kalt. Eiskalt.

Heiseres Gelächter explodierte an dem Tisch mit den Marines, nachdem sich einer von ihnen zu weit auf seinem Stuhl zurückgelehnt hatte und auf den Boden gekracht war. Die Musikbox legte eine weitere Scheibe auf den Plattenteller, und eine Trompete stieß durch den Rauch, das Gelächter und die klirrenden Gläser.

13

Stark wachte auf und war wie ein Raubtier schlagartig hellwach. Er hatte in der Dunkelheit ein fremdes Geräusch neben dem Grollen der Brandung wahrgenommen. Jemand kam leise die Holztreppe draußen herauf. Lautlos schwang Stark die Beine aus dem Bett und schlich zur Kommode. Aus einer Schublade nahm er eine geladene 25er-Automatik und entsicherte sie. Es war eine kleine Waffe, aber dennoch tödlich.

Jemand klopfte leise, aber beharrlich an die Tür.

Die Waffe war für unerwartete Besucher. Aber nur Dorie kannte die Adresse. Was, wenn es die Polizei war … Er dachte an seinen geheimen Vorrat. Er würde sowohl den Stoff als auch die Kanone aus einem Fenster auf den Strand schmeißen. Wenn sie ihn festnahmen, konnte es nichts so Ernstes sein, dass er nicht auf Kaution wieder freikäme.

Aber es war nicht die Polizei, die klopften nicht leise an. Statt zur Tür zu gehen, glitt er, immer noch in Shorts, durch die Dunkelheit zu einem Seitenfenster, von wo aus er in einem schrägen Winkel einen Blick auf den Treppenabsatz werfen konnte. Sie stand im Schatten. Klopfte wieder an. Er starrte in die Nacht hinter ihr, aber da war sonst niemand.

Er drückte das Fenster auf, und sie drehte sich zu

dem Geräusch um. In der Dunkelheit konnte er ihr Gesicht nicht ausmachen.

»Was willst du?«

»Gott sei Dank. Ich dachte schon, du wärst nicht da.«

Er grunzte, schloss das Fenster und ging die Wohnungstür öffnen. Die Pistole hatte er immer noch in der Hand, und bis auf die Shorts war er nackt.

Dorie kam herein, Stark schloss die Tür ab und drehte seinen Rücken zum Schlafzimmer, ohne sie anzusehen.

»Wozu die Pistole? Und in deiner Shorts da, ist das noch eine Kanone?« fragte Dorie mit einem anzüglichen Grinsen.

»Was machst du hier? Hast du irgendwem erzählt, dass du herkommst?«

Dorie folgte ihm ins Schlafzimmer und zog ihre Jacke aus. Sie hielt sie im Arm und blieb einen halben Schritt hinter der Tür stehen, lehnte sich gegen den Türrahmen.

Stark schob die Automatik unter die Matratze und griff nach seiner auf dem Stuhl liegenden Hose. Die Ankunft des Mädchens um diese Uhrzeit bedeutete Schwierigkeiten, auf die er gut verzichten konnte. Im Moment jedenfalls.

»Ich habe ihn verlassen«, antwortete Dorie auf die Frage, die er noch nicht gestellt hatte. »Ich hab's nicht mehr ausgehalten.«

»Weiß er, dass du hierher gekommen bist, zu mir?« unterbrach er sie.

»Spielt es denn eine Rolle, ob er es weiß?« Dories grüne Augen starrten in sein schmales Gesicht.

Stark schloss den Gürtel und rieb sich das unrasierte Kinn; seine wachsende Verärgerung ließ ihn die Zähne zusammenbeißen. »Verdammt, ja, es spielt eine Rolle.«

»Warum?«

»Ach, Scheiße! Das weißt du sehr gut! Wir fangen gerade erst als Partner an, und er hat den wichtigen Kontakt. Ich brauche diese Connection, um groß abzuräumen.«

»Wir könnten nach Hollywood ziehen. Ich hab ein paar Tausender auf der Bank.«

»Das drücken wir uns doch in Windeseile in die Arme, wenn wir den normalen Straßenpreis zahlen müssen. Außerdem wirst du in ein paar Monaten, wenn du erst richtig an der Nadel hängst, nicht mehr viel anschaffen können. Das macht sich nicht so gut bei einer Braut.« Stark begann auf und ab zu gehen, schüttelte dabei immer wieder den Kopf.

»Weiß er, wohin du gegangen bist?«

»Nein.«

»Das ist ja schon mal was.«

»Ich hätte nicht kommen sollen«, sagte sie mit bebender Stimme. »Ich dachte, du wolltest mich.«

Stark seufzte, griff nach einer Zigarette und ließ sich nach hinten auf das ungemachte Bett fallen. Er betrachtete das Mädchen in der Tür und schüttelte den Kopf. Sie sah aus, als gehörte sie auf einen College-Campus oder in den Schönheitswettbewerb eines Provinznestes; sauber und gesund, aber auch wahnsinnig sexy.

»Klar will ich dich«, sagte er. »Aber warum zum Teufel musst du das ausgerechnet jetzt machen? In ein paar

Tagen ist er weg vom Fenster. Warum jetzt? Ich dachte, du magst ihn.«

»Ich wollte ihn schon die ganze Zeit verlassen … Heute Nacht war er betrunken – du hast es selbst gesehen – und er hat gesagt, er liebt mich, will mich heiraten. Stell dir das mal vor … dieses Schwein. Ich stehe ja drauf, mich selbst zu bestrafen, aber eher bringe ich mich um.«

Stark machte ein fragendes Gesicht. »Dann liebt er dich also und dennoch ist er ein Schwein. Aber du wusstest doch schon lange, dass er ein Schwein ist, und trotzdem hast du für ihn die Beine breit gemacht. Bis jetzt wolltest du zumindest nicht abhauen. Und weil die Drecksau dich jetzt plötzlich liebt, ist die Party vorbei? Ich weiß nicht, was ich von dir halten soll.«

Dorie richtete ihre großen Augen auf den Teppichboden. Bevor sie etwas sagte, setzte sie sich ermattet auf das Fußende des Bettes. »Lass mich mal an deiner Zigarette ziehen.«

Stattdessen zündete Stark eine andere an und reichte sie ihr. Sie stieß eine Rauchwolke aus und starrte konzentriert in den Raum.

»Wie geht deine Geschichte? Erklär's mir«, fragte er und stützte sich auf einen Ellbogen, um sie zu beobachten.

»Ich kann nicht lieben«, sagte sie. »Und ich will auch nicht, dass mich jemand liebt.« Sie sprach mit bedächtiger Nüchternheit, was ihren Worten mehr Nachdruck verlieh als jeder Gefühlsausbruch.

Stark öffnete den Mund, um etwas Gehässiges zu sagen, fuhr sich dann aber nur mit der Zunge über die Lippen und schüttelte den Kopf. Er wusste, dass es so nur noch mehr Schwierigkeiten geben würde.

»Deshalb bin ich hier«, fuhr sie fort. »Du willst doch Druck ablassen, willst meinen Körper. Vielleicht auch meinen Verstand. Aber du bist viel zu kalt, um dich in jemanden zu verlieben. Du bist hundertmal kälter als Momo. Er ist ein Arschloch, aber nicht wirklich böse. Du bist böse. Du willst Menschen einfach nur benutzen. Du liebst niemanden. Du kannst niemanden lieben. Du bist wie ich. Vielleicht sind wir beide füreinander bestimmt.«

»Entspann dich, Baby«, unterbrach Stark sie. »Ich verstehe dein Problem nicht und auch nicht, was genau du willst. Du lebst in deiner ganz eigenen Welt. In einem Augenblick verhältst du dich, als wäre ich nur ein Stück Scheiße und du die Heilige Jungfrau Maria. Im nächsten willst du mit mir zusammen so weit wie nur irgend möglich in die Gosse hinabsteigen. Ich verstehe das nicht, aber es spielt so oder so keine große Rolle. Du bist hier, und ich will dich. Liebe kommt in der Gleichung nicht vor. Momo weiß nicht, dass du bei mir bist, also kannst du bleiben. Tu einfach genau das, was ich dir sage, und tauch ein paar Tage unter, bis ich die Sache unter Dach und Fach habe. Dann verschwinden wir von hier. Wo sind deine Klamotten?«

»Ich hatte nur ein paar Sachen. Ich hab sie zurückgelassen. Ich bin einfach abgehauen, als er gerade mal nicht aufpasste.«

Stark nickte und warf einen kurzen Blick auf die Uhr auf seinem Nachttisch. »Es wird spät. Ich habe einen harten Tag morgen. Komm her.« Seine Stimme war belegt. Dorie verstand seinen Blick und lächelte. Sie knöpfte ihre Bluse auf und zog ihren BH aus. Ihre weichen, weißen Brüste ragten verlockend aus dem offenen Kleidungsstück hervor. Dann kroch sie die Bettkante entlang, bis sie neben ihm lag. Ihre Lippen begegneten sich, ihre Zunge erforschte seinen Mund. Sie drückte seinen Kopf zu ihren Titten hinunter. Er spürte, wie ihre Nippel hart wurden. Sie krümmte ihren Rücken, zog ihre Finger wie einen Kamm durch sein Haar und presste ihn dichter an sich. Sie begann leise zu wimmern und flüsterte: »Nimm mich. Tu mir weh.«

Stark wachte an diesem Morgen nicht so abrupt auf wie sonst. Er fühlte sich ziemlich träge, und sein erster Gedanke galt einem Schuss zum Aufstehen. Dann wurde er sich des schlafenden Körpers an seiner Seite bewusst, die Decken waren über ihren Kopf gezogen. Sie ist verdammt gut im Bett, dachte er und lächelte matt. Leise löste er sich von ihr, hob seine Shorts von der Stelle auf, wo er sie achtlos vor dem Bett auf den Boden geworfen hatte, und ging dann ins Bad. Er versuchte sich etwas einzuschränken, drückte nur die Hälfte seiner Morgenration und ließ Dorie genügend Kapseln übrig, dass es für zwei Schüsse reichte; einen würde sie brauchen, wenn sie aufwachte, und einen weiteren später am Tag. Er würde bis zum Abend fort sein, würde sich Nachschub besorgen und auch etwas mit nach Hause bringen, aber sie würde den ganzen Tag allein sein. Er hoffte, dass noch etwas zu essen da war. Verantwortung für einen anderen Menschen zu tragen bereitete ihm Unbehagen. Aus dem Fenster sah der dunstige Himmel aus wie ein grauer Schleier über dem Meer. Es war stark bewölkt, was es erschwerte, die Uhrzeit zu bestimmen. Es konnte früher Morgen sein oder auch schon zwölf Uhr mittags. Plötzlich besorgt, suchte er seine Armbanduhr und schaute darauf. Es war erst wenige Minuten nach acht. Sonst stand er später auf. Aber heute hatte er etwas zu tun.

Er rasierte sich unter der Dusche, während das Wasser auf ihn einprügelte. Nach Deo und Eau de Toilette war Dories Duft verschwunden. Er schlüpfte in eine Hose aus Rehleder, nahm Hemd und Pullover von einem Bügel am Türknauf. Dorie schlief immer noch, und er beschloss, das erste Telefonat zu erledigen, ehe sie aufstand. Auf Zehenspitzen verließ er das Bad, vergewisserte sich, dass sie sich nicht bewegt hatte, bevor er leise die Tür zuzog.

Während er wählte, spürte er den Knoten in seinem Bauch härter werden. Dies war der erste Wurf in einem wohlkalkulierten Glücksspiel.

»Ganz ruhig, Mr. Slick«, sagte er sich, als das Telefon mit seinem rhythmischen Summen begann.

»Polizei Oceanview«, meldete sich eine Frauenstimme.

»Verbinden Sie mich bitte mit dem Apparat von Lieutenant Crowley.«

»Einen Moment, bitte.«

Es klickte in der Leitung, dann summte es wieder. Kurz darauf hörte Stark, wie der Hörer abgenommen wurde.

»Rauschgiftdezernat, Lieutenant Crowley.«

»Ernie Stark, Chef …«

»Stark«, stieß Crowley hervor; Stark konnte sich sehr plastisch vorstellen, wie das Gesicht des Polizisten fleckig rot wurde. »Ich weiß über alles Bescheid«, kochte Crowley. »Wilson hat mich letzte Nacht angerufen. Ich hab ihm gesagt, was du für eine Ratte bist, und geraten, dass er dir nicht trauen soll. Ich will, dass du das weißt. Aber er hat darauf bestanden, also bist du ein freier Mann … fürs Erste. Bist du jetzt glücklich, du Wichser? Deine Information hat einen Cop das Leben gekostet. Vergiss die Penner, die du verpfiffen hast.«

»Hören Sie, Lieutenant, es war ja nicht so, wie Sie jetzt denken. Es war kein Spielchen. Aber Sie waren zu ungeduldig, haben mich viel zu sehr unter Druck gesetzt. Ich wollte nicht, dass Sie mir wieder Dampf machen. Ich weiß, dass Sie die Oberhand haben. Das mit dem toten Cop tut mir leid.«

»Jede Wette. Du wirst mich noch kennenlernen, wenn Wilson deine Scheiße satt hat und ich wieder im Spiel bin. Du landest auf der Knaststation im Krankenhaus. Wenn ich nur daran denke, wünschte ich, ich bekäme dich bald in die Finger. Du bist das jämmerlichste Stück Scheiße, dem ich je begegnet bin.«

Stark hielt den Telefonhörer ein Stück von seinem Ohr weg und hörte sich die Tirade der Verachtung mit einem Gesichtsausdruck spöttischer Langeweile an. Als sie langsam verebbte, hob er die Sprechmuschel.

»Lassen Sie mich eines klarstellen«, sagte er mit Nachdruck und versuchte dann, seiner Stimme wenigstens einen Anflug von Aufrichtigkeit zu geben. »Ich verstehe ja, warum Sie mich verachten. Ich tauge nicht viel …«

»Zu gar nichts taugst du!«

»Vielleicht bin ich ja ein Junkie und Betrüger. Wahrscheinlich werde ich mein Leben lang ein Gauner bleiben. Ich habe versucht, Schluss zu machen, ich will mich mit dem Stoff einschränken. Sie wissen selbst, wie diese Scheiße einen beherrschen kann. Es bringt mich dazu, Dinge zu tun, die einfach nicht richtig sind. Ich tauge nichts, aber ich bin immer noch besser als die Geier, die dealen und mein Blut aussaugen. Die hasse ich mindestens genauso sehr wie Sie. Ich bin nicht zu Wilson gegangen, um Sie zu hintergehen, aber wie ich schon sagte, Sie haben mich zu stark unter Druck gesetzt. Sie hassen mich so sehr, dass Sie mich um ein Haar hätten umbringen lassen.«

Er unterbrach sich, wartete auf eine Antwort. Es kam nur ein Grunzen zurück. Zumindest schüttete Crowley keinen weiteren Eimer Schmähungen über ihm aus.

»Ich arbeite immer noch an dem, was Sie haben wollen, und ich glaube, ich habe jetzt auch einen Ansatzpunkt.«

»Ach ja, und was wäre das?«

»Ich bin ziemlich sicher, dass ich herausfinden kann, wer die Connection ist, wenn Sie mir helfen.«

»Dir helfen?« Crowley wurde schlagartig misstrauisch, sein Ton messerscharf. »Wie soll das gehen? Erklär's mir ganz langsam, damit ich mitdenken kann. Du schleimige Ratte.«

»Momo lebt mit einer jungen Braut zusammen.«

»Ich weiß. Dorie Williams. Siebenundzwanzig. Gute Familie. Keine Vorstrafen, aber abhängig. Und sie hat sie nicht alle. Ich habe mich im Krankenhaus nach ihr erkundigt. Du siehst, ich weiß, was abgeht.«

»Ja, das ist sie. Die Sache ist, dass sie auf mich steht. Und sie weiß, wer der dicke Fisch ist.« Er sprach nicht weiter, wartete.

Nach ein paar Sekunden Schweigen fauchte Crowley: »Dann hol's aus ihr raus! Was hat das alles mit mir zu tun? Meinst du, ich sollte sie auch mal einlochen und ein bisschen aufmischen? Oder was? Dann kann ich meine Marke gleich abgeben.«

»Nein, nein, das nicht. Ich will sie bearbeiten, aber ich habe immer nur ein paar Minuten. Momo hat uns immer im Auge. Er lässt ihr kaum Luft zum Atmen. Das ist das eigentliche Problem. Wenn Sie ihn für ein paar Stunden einbuchten könnten ...« Stark hörte, wie mit einem leisen Klicken die Schlafzimmertür geöffnet wurde, und brach ab. Er saß auf dem Sofa, legte eine Hand über den Hörer und blickte über seine Schulter zu dem Mädchen. Sie sah ihn sonderbar an, doch er erkannte, dass sie nichts mitbekommen hatte. Sein erster Impuls war, sie ins Schlafzimmer zurückzuschicken, aber dann würde er sicher einen Streit provozieren. Er entschied, dass die Unterhaltung mit Crowley ab diesem Punkt auch so geführt werden konnte, dass sie nicht verstand, worum es eigentlich ging. Er gab ihr zu verstehen, in die Küche zu gehen und Kaffee zu machen, indem er seine leere Hand hochhielt, als befände sich darin ein Becher, aus dem er trank.

»Stark … Stark, was zum Teufel soll das«, brüllte unterdessen Crowley wütend in den Hörer.

»Ja, ich bin noch da.«

»Wo zum Teufel warst du?«

»Eine Zigarette ist aus dem Aschenbecher auf den Teppichboden gefallen.«

»Dann drück sie aus«, sagte Crowley genervt.

»Wenn Sie tun, was ich gesagt habe, kann ich es durchziehen und Ihnen helfen. An dieser anderen Sache arbeite ich für Wilson.«

Crowley saugte an seinen Zähnen, dachte nach. »Auf einmal bist du kooperativ wie nur was.«

»Sie verstehen das falsch. Jetzt gibt es etwas, das ich tun kann, ohne umgebracht zu werden. Das ist gut, und für Sie springt bei der Sache womöglich eine Beförderung raus.«

»Ja, vielleicht«, sagte Crowley skeptisch. »Es könnte aber auch eins von deinen Spielchen sein.« Crowley zögerte, Stark wartete. Schließlich sagte der Cop: »Falls es ein Spielchen ist, sehe ich noch nicht, was dabei für dich rausspringt. Aber ich habe nichts zu verlieren, also mache ich mit. Wann soll ich ihn aus dem Verkehr ziehen? Vielleicht erzählt er mir ja alles über die Connection, dann brauche ich dich nicht mehr.«

»Unwahrscheinlich, andernfalls hätten Sie es schon vor langer Zeit versucht. Ziehen Sie's heute Mittag durch, plus minus eine Stunde. Dürfte nicht allzu schwer sein.«

»Nein. Muss nur seinem Geruch folgen. Wie lange soll ich ihn festhalten?«

»Drei oder vier Stunden. Sie können ihm sagen, das Mädchen habe seine Connection preisgegeben.«

»Und während er weg ist, wirst du sie vögeln.«

»Das ist Teil des Spiels ... der lustige Teil.«

»Wird sie dir sagen, wer der dicke Fisch ist?« fragte der Cop.

»Ich weiß, dass ich es aus ihr herausbekomme.«

»Oh, Mann! Warum bin ich nur Bulle geworden? Kein Wunder, dass ich dreckig werde, wenn ich mich nur mit Leuten wie dir abgebe.«

»Dann kündigen Sie doch.«

»Nee. Ist zwar ziemlich öde, aber einer muss es ja tun. Ich hab einen besseren Magen als die meisten.«

»Dann kann ich mich also auf Sie verlassen?«

»Ja. Ruf mich später an und erzähl mir, was du in Erfahrung gebracht hast. Und ich rate dir, dass es gut ist, denn andernfalls bist du dran.«

»Sicher, sicher. Keine Panik.«

»Und nimm dich vor Dummy in Acht. Ich will nicht, dass du tot bist, bevor ich dich ausquetschen kann.«

»Toller Witz, Pat«, sagte Stark und legte lachend auf, bevor Crowley ihn verfluchen konnte.

Er hatte ein breites Grinsen auf seinem schmalen Gesicht, als er sich zu Dorie umdrehte. Das Mädchen stand immer noch neben der Schlafzimmertür. Sie war barfuß, trug lediglich ein Spitzenhöschen und das Hemd, das er letzte Nacht abgelegt hatte. Sie hatte gut geformte, lange Beine, glatt und fest. Ohne Make-up und mit ihrem vom Schlaf zerzausten Haar wirkte sie jung und extrem sinnlich. In ihrem Mundwinkel klemmte eine brennende

Zigarette, und der aufsteigende Rauch ließ sie blinzeln. Sie verstand Starks anerkennenden Blick und lächelte leicht. Der Veronica-Lake-Look.

»Ich hab heute Morgen geschäftlich zu tun«, sagte Stark.

Dorie zuckte die Achseln. »Wer ist Pat? Noch eine Freundin?«

»Nee, ein Typ … Es geht um einen Deal mit heißer Ware. Der Kerl, mit dem ich gerade geredet hab, vertritt einen anderen Wichser. Vielleicht können wir den abzocken. Nichts weiter.« Er stand auf, trat um das Sofa herum und näherte sich dem Schlafzimmer. Im Vorübergehen tätschelte er Dories nackten, warmen Oberschenkel. »Du siehst gut aus, Baby.«

»Das kostet dich einen Schuss«, sagte sie, »oder willst du vielleicht vorher ficken?«

»Ich krieg nicht genug von dir, aber ich hab auf dem Scheißhaus Stoff für dich zurückgelassen. Genug für ein paar Shots. Ich versuche, mich einzuschränken. Heb dir was für später auf. Ich werde den ganzen Tag weg sein.«

Sie nickte, ging aber nicht zum Bad. Als er anfing, die Schuhe zu putzen, die er tragen wollte, schaute sie ihm interessiert zu.

»Ich werde mir gleich einen Schuss setzen«, sagte sie. »Wenn du willst, mach ich dir einen Kaffee.«

Er nickte geistesabwesend. »Im Schrank steht Instant-Kaffee. Das Wasser aus dem Hahn ist nicht heiß genug. Füll einen Topf mit Wasser und stell ihn auf den Herd, bis es kocht.«

»Himmel, glaubst du, ich wüsste nicht, wie man Kaffee macht?«

Dorie ging in die Küche. Stark schlüpfte in die Alligator-Schuhe und griff nach dem Hemd und seinem Jackett. Er kämmte sein Haar, bis es lässig aussah, und prüfte sein Aussehen in dem mannshohen Spiegel auf der Rückseite der Schranktür. Er war mit sich zufrieden. Die Kleidung war teuer und hatte Stil, ohne dabei auffällig zu wirken. Niemand würde vermuten, dass er Meisterverbrecher war. Er sah aus wie ein Ehemann aus einem x-beliebigen Vorort mit einem Jahreseinkommen von zehntausend Dollar und einem guten Geschmack, was Kleidung betraf. Als er das Schlafzimmer verlassen wollte, gab er einem Impuls nach. Er nahm die kleine Automatik und schob sie in seine vordere Tasche. Ihr Gewicht drückte leicht gegen sein Bein, ohne jedoch seine Jacke auszubeulen. Er ging in die Küche.

Dorie hatte nicht nur Kaffee gemacht, sondern war dabei, Rühreier mit Speck zu braten. Es brutzelte auf dem kleinen Herd. Als er hereinkam, hatte sie sich gerade hingehockt und betrachtete ihr Werk.

»Wenn du noch kurz wartest, kannst du das hier mit Toast haben.«

»Leider keine Zeit.«

»Ist in zwei Minuten fertig.«

Er grunzte, warf ihr aber dennoch ein Lächeln zu. Er hatte es eilig, in die Gänge zu kommen, aber all diese offensichtlichen Aufmerksamkeiten gaben ihm ein komisches Gefühl.

»Komm, setz dich an den Tisch«, befahl sie. »Ich bring dir den Kaffee.«

Er folgte der Aufforderung, nippte an der dampfenden, schwarzen Flüssigkeit und beobachtete, wie sie halb nackt und barfuß zurück an den Herd trat. »Dorie, du bist wirklich vielseitig begabt.«

»Mir ist nur gelegentlich nach diesen Dingen. Manchmal bin ich ganz anders und tue wochenlang überhaupt nichts, außer im Bett zu liegen und alles mit Stoff auszulöschen.«

Er spürte, dass da so etwas wie eine Ermahnung unterwegs war, und unterbrach sie. »Bring mir einfach mein Frühstück. Spar dir den Geschichtsunterricht für später«, sagte er ein wenig schroff.

Sie gab ihm die Eier und den Speck. »Der Kühlschrank ist leer. Die Milch ist sauer, und die Orangen sind grün. Wir sollten uns etwas zu essen besorgen, wenn du nicht willst, dass ich in die Stadt gehe.«

»Ich werde mich drum kümmern. Du wirst schon nicht verhungern.« Er begann zu essen. Sie schaute ihm einen Moment zu, dann gab sie zu verstehen, dass sie sich einen Schuss setzen würde.

Stark verschlang die Mahlzeit und behielt dabei die Uhr im Blick. Es war fünf vor zehn. Seine Show musste losgehen. Er warf einen Blick ins Schlafzimmer. Dorie war noch im Bad.

»Ich gehe jetzt, Baby«, rief er. »Es wird ein langer Tag. Am Nachmittag könntest du schwimmen gehen. Es soll später ziemlich heiß werden.«

Ein Lachen perlte aus dem Bad.

»In BH und Höschen? Ich würde sofort wegen Erregung öffentlichen Ärgernisses verhaftet.«

»Sie verhaften dich vielleicht, aber du würdest ihnen

doch hoffentlich nichts Unanständiges zeigen … Ich hatte vergessen, dass du keine Klamotten mitgebracht hast.« Er wollte es schon auf die Liste mit seinen anderen Problemen setzen, schob es dann aber beiseite. Dories Kleidung konnte warten. »Mach's gut, Baby.«

»Wann kommst du zurück?«

»Keine Ahnung. Vielleicht um fünf. Aber nagle mich nicht fest.«

»Ich werde heute die Wohnung sauber machen. Hier liegt auf allem eine dicke Schicht Staub.«

»Das kannst du dir schenken. Ich mag's, wie's ist.« Wollte sie sich jetzt häuslich einrichten, oder was? Bei dieser Vorstellung war ihm alles andere als wohl. Für seinen Geschmack ging das viel zu schnell.

14

Die Sonne brannte schnell den grau bedeckten Himmel frei, als Stark nach Oceanview hineinfuhr. Der scharfe Geruch des Meeres hing in der Luft, selbst in der Innenstadt. Mittags würde die Stadt sich in goldener Wärme aalen. Es war in vieler Hinsicht ein guter Tag. Als er an die Komplexität seines Plans dachte, musste er leise in sich hineinlachen. Es konnte sich noch als ein absoluter Wahnsinnstag herausstellen …

In dieser fast ausgelassenen Stimmung befand er sich noch, als er in der Nähe von Momos Apartment parkte. Er pfiff sogar leise, als er die Treppe hinaufging, setzte allerdings eine finstere Miene auf, als er anklopfte. Hier ging es schließlich um ernste Dinge.

Unrasiert und ungekämmt öffnete Momo die Tür. Die schwarzen Haare waren zerzaust, und der einzige Knopf an seiner zerknitterten Kleidung, der in Gebrauch war, war der oberste seiner Hose, ein Zugeständnis, damit sie ihm nicht auf die Knie rutschte. Er roch deutlich nach Alkohol, und seine Augen waren rot unterlaufen. Auf dem mit Brandflecken übersäten Tisch in der Mitte des Raumes stand eine leere Whiskeyflasche. Daneben eine zweite, noch zu einem Drittel gefüllt. Dort lag auch ein Päckchen Heroin, ungeschickt aufgerissen von einem Angetrunkenen. Etwas von dem weißen Pulver war über den Tisch gekippt worden. Eine Spritze stand in einem Glas Wasser.

All das registrierte Stark mit schnellem Blick, während Momo hinter ihm die Tür schloss. Der blöde Penner war doch tatsächlich verknallt in die Braut und hatte Liebeskummer. So würde er Dorie niemals an sich heranlassen.

»Ziemlich unvorsichtig von dir«, meinte Stark und deutete auf den Stoff. »Zehn Jahre Knast einfach so für jeden sichtbar herumliegen zu lassen. Die Bullen könnten jederzeit deine Tür aufbrechen. Und was dann?«

Momo winkte ab, wies die Warnung zurück. Er ließ sich auf einen Sessel neben dem Tisch fallen und schenkte sich einen Drink ein. »Wenn sie die Tür aufbrechen, dann geh ich eben die zehn Jahre in den Bau.« Er kippte den Whiskey runter und musterte Stark von Kopf bis Fuß.

»Du siehst heute wieder ziemlich schick aus. Wie hieß noch mal der Kerl drüben in England, der immer so klasse angezogen war? Vor ein paar hundert Jahren?«

»Beau Brummel.«

»Genau. So siehst du aus. Big Beau. Willst'n Drink?«

Stark nickte, obwohl es noch recht früh am Morgen war.

»Vielleicht sollte ich auch schicke Klamotten tragen«, fuhr Momo fort, schenkte Stark und sich einen Drink ein. »Dann hätte ich auch meine Alte halten können.«

Stark hob die Augenbrauen vor Erstaunen und Besorgnis. »Was ist passiert, Mann? Wo ist Dorie?«

»Die Schlampe hat mir den Laufpass gegeben. Einfach

so, paff.« Momo ruderte mit den Armen. »Sie ist ausgeflogen, hat sich letzte Nacht vom Acker gemacht.«

»Was ist passiert? Hast du ihr einen Arschtritt gegeben oder was?«

Momo brachte ein mattes Lachen heraus. »Einen Arschtritt gegeben! Scheiße, nein. Ich war betrunken und hab ihr, als wir nach Hause kamen, gesagt, dass wir heiraten sollten. Und in den Flitterwochen nach Hawaii fahren. Meine Familie besuchen. Da ist sie echt ausgeflippt und hat so getan, als hätte ich was richtig Dreckiges gesagt, als würde sie mit ihrem Vater ins Bett gehen oder so. Dann wollte ich mit ihr schlafen, aber sie hat mich nicht rangelassen. Da hätte ich ihr fast eine mitgegeben – ich wünschte, ich hätt's auch getan. Stattdessen hab ich beschlossen, mir so richtig die Kante zu geben. Als ich weg war, um Nachschub zu besorgen, hat sie den Abflug gemacht. Die Tür stand offen, und sie war weg, ohne ihre Klamotten oder sonst was mitzunehmen. Kein Zettel. Nichts. Eine Weile hab ich gedacht, sie wäre nur mal frische Luft schnappen, um sich zu beruhigen oder so, aber sie ist nicht wieder gekommen. Bis drei Uhr heute Morgen hab ich das Viertel abgesucht. Ich weiß, dass sie nicht zu dir gegangen ist. Sie hat mir immer wieder gesagt, dass ich mich vor dir in Acht nehmen soll. Dass du schlecht bist. Frauen – wie soll man aus denen schlau werden?« Momo zuckte mit den Achseln angesichts der Sinnlosigkeit dieser Überlegung.

»Sie kommt bestimmt zurück. Sie hängt an der Nadel und wird bald Stoff brauchen.«

»Die wird immer irgendwen finden, der ihr Stoff gibt,

so wie sie aussieht.« Momo hob sein Glas, starrte hinein und begann, mit schwerer Stimme laut zu sinnieren. »Ich schätze, ich hab sie geliebt. Sie ist durchgeknallt und eine Spießerbraut, aber sie hat auch einen messerscharfen Verstand. Sie konnte so richtig heiß laufen und dann schlagartig eiskalt sein.« Momo schüttelte langsam den Kopf. Ohne Vorwarnung schleuderte er das Glas gegen die Wand. Es zersplitterte. Erschrocken zuckte Stark zusammen.

»Mann, immer cool bleiben. Ist doch nur eine Muschi. Du wusstest doch, dass sie bekloppt ist. Vielleicht ist es besser so.«

Momo funkelte ihn bedrohlich an, so als wäre er kurz davor zu explodieren.

»Mach keinen Scheiß«, sagte Stark ruhig. »Ich bin dein Partner und dein Freund. Ich würde mich nie zwischen euch stellen. Ich weiß, wie du dich fühlst. Vielleicht kommt sie ja wieder, nachdem sie sich ein wenig beruhigt hat. Bei Frauen weiß man nie. Andererseits ist das jetzt vielleicht auch ganz gut für dich. Die Braut hat einen Knall und weiß zu viel. Was wäre passiert, wenn sie einkassiert und in die Mangel genommen worden wäre? Sie hätte uns beide verpfiffen. Ohne sie sind wir ganz klar besser dran.«

»Vielleicht hast du recht, aber …«

»Was denn? Ist eine Braut es wert, wegen ihr in den Knast zu wandern?« Stark schüttelte angewidert den Kopf. »Mann, wenn wir unser Ding durchziehen, können wir uns erstklassige Weiber leisten, solche Top-Schlampen, wie man sie immer in den Illustrierten sieht. Wir werden so viel Geld haben ... Du wirst in deinem Caddy sitzen ...« Stark gab einen Ausblick auf ihren zukünftigen Lebensstil. Aalglatter Optimismus schwang in seiner Stimme mit. Momo hörte zu und beruhigte sich ein wenig.

»Du hast recht, das weiß ich. Aber ich war total in sie verknallt. Keine Angst, ich komm schon klar. Jetzt kann ich die Sachen so sehen, wie sie wirklich sind, und mich ganz aufs Geschäft konzentrieren.« Momo brachte sogar ein zuversichtliches Lächeln zustande. Er wollte nicht, dass sein Partner sich fragte, ob er womöglich unter Druck nachgab. »Du bist ein guter Partner. Du bist smarter als ich. Das weiß ich. Vielleicht ist das auch der Grund, warum ich dich so lange nicht leiden konnte. Ich dachte, du würdest arrogant auf mich herabsehen, als wär ich ein Vollidiot oder so. Und Dummy sagte immer, ich soll dir nicht trauen.«

Stark warf seinen Kopf in den Nacken und lachte. »Scheiße, und ich mochte dich nicht, weil du den ganzen Stoff hattest. Ich war neidisch. Aber vergiss das alles. Das ist Geschichte.« Er schlug Momo auf die Schulter. »Lass uns hier aufräumen und zum Geschäft kommen. Halt mal sieben oder acht Gramm zurück. Vielleicht fahre ich heute noch nach Riverside und kann sie absetzen ... und das gleich mit diesem Pusher klarmachen.«

Fünf Minuten später war das Heroin in einem Abflussrohr außerhalb des Badezimmerfensters versteckt. Das Rohr war verschlossen, damit nichts herausfallen konnte. Das Päckchen war mit Draht an einem Verbindungsstück befestigt, das auf eine bestimmte Art und

Weise entfernt werden musste. Wenn man einen Bleistift oder ein Messer durch ein Loch ein paar Zentimeter weiter unten einführte, löste sich das Päckchen und das Rohr fiel hinunter. Nur Stark, Momo und Dorie wussten Bescheid. So kamen sie leicht an den Stoff heran, aber für die Polizei war er nahezu unmöglich zu finden; und falls sie ihn doch entdeckten, war es vor Gericht sehr schwierig zu beweisen, wer der Besitzer war.

Stark und Momo brachten die Wohnung gemeinsam in Ordnung. Das Bett wurde gemacht, der Boden gefegt und die leeren Flaschen in den Mülleimer geworfen. Die Schmutzwäsche legten sie in die Badewanne, da es keinen Wäschekorb gab. Stark brachte den Müll hinaus, während Momo sich rasierte. Er rasierte sich immer noch, als Stark zurückkehrte, das Bad betrat und sich auf den Toilettendeckel setzte. Im Abfall befand sich Dories gesamtes Kosmetikzeug.

»Du solltest aus diesem Loch ausziehen«, sagte Stark. »Geld hast du doch genug.«

»Vielleicht, aber …«, er zuckte mit den Achseln. »Es ist besser als da, wo ich aufgewachsen bin. Auf der Insel hat meine ganze Familie in einem einzigen kleinen Raum geschlafen. Das Klo war hinter dem Haus.«

»Ich bin auch nicht in Beverly Hills aufgewachsen. Aber jetzt habe ich ein nettes kleines Apartment.«

Momo unterbrach seine Rasur mitten in der Bewegung. »Ja, apropos, wo genau wohnst du eigentlich? Nicht hier im Rotlichtviertel, das wüsste ich. Ist mir gestern so durch den Kopf gegangen.«

»Drüben in diesen neuen Wohnblocks in der Nähe

von Broadcrest«, log er. »Ich zeig's dir demnächst mal. Vielleicht morgen. Weißt du, was wir morgen machen? Wir werden dich neu einkleiden und dir eine Wohnung in einem besseren Viertel suchen. Die hier ist einfach zu heiß. Ständig sind Bullen in der Nähe. Die wissen genau, wo sie dich finden. Zu viele Junkies kennen deine Adresse. Das ist gefährlich.«

Momo beendete seine Rasur und rieb die Reste Rasierschaum mit einem Handtuch ab, ohne sich vorher das Gesicht mit Wasser abzuspülen. Das Handtuch warf er anschließend in die Wanne. »Du solltest mir deine Telefonnummer geben, damit ich dich erreiche, falls was passiert.«

»Mach ich, sobald ich eine habe. Nächste Woche müsste es installiert sein. Ich warte jetzt schon seit einem Monat darauf.«

»Normalerweise geht das doch ziemlich schnell.«

»Vielleicht haben sie einfach Scheiße gebaut, keine Ahnung. Es ist ein neues Mietshaus, und die anderen Leute haben ihren Anschluss schon. Ich werde die Firma morgen anrufen.«

Momo schluckte die Lüge ohne Argwohn und ging in den anderen Raum. Bevor er ihm folgte, sah Stark auf die Uhr. Es war zehn vor elf. Er ging vom Bad aus direkt zur Wohnungstür, blieb unmittelbar davor stehen.

»Ich mach mich jetzt besser auf die Socken.«

»Wozu die Eile? Bleib noch ein bisschen. Geh mit mir frühstücken.«

»Hab ich schon. Es ist eine lange Fahrt nach Riverside, mehr als zwei Stunden. Ich will nicht, dass es dunkel ist, wenn ich dort ankomme, und ich muss auch noch einen Typen auftreiben. Wenn wir beide hier nur rumquatschen, machen wir kein Geld. Es gibt nichts, was wir zusammen tun könnten, womit du nicht auch allein klarkommst.«

Momo lächelte verlegen. »Da hast du recht. Ich kann in Oceanview Dope verkaufen. Ich wollte nur ein bisschen Gesellschaft.«

»Gegen vier bin ich zurück. Was hast du heute vor?«

»Nachdem ich gefrühstückt habe, werde ich mir die Haare schneiden lassen – der erste Schritt auf dem Weg zum neuen Momo Mendoza, Mann von Welt. Dann mache ich, was ich immer mache, ich bringe Stoff runter zum Panama. Die werden schon mit laufenden Nasen auf mich warten, und die Hälfte von denen wird einen Dollar zu wenig dabeihaben.«

»Dann treffen wir uns um vier im Club. Falls ich es erst später schaffe, rufe ich dich an. Und vergiss nicht, morgen gehen wir Klamotten kaufen. Wenn ich schon einen eleganten Mann aus dir mache, könnte ich dir ja gleich auch noch eine süße Braut besorgen … Sofern du mir versprichst, dich nicht zu verlieben.« Stark hob zum Abschied die Hand und war durch die Tür, bevor Momo etwas erwidern konnte.

Im Kombi legte Stark schnell zwei Blocks zurück und parkte neben einer Telefonzelle. Er wählte die Nummer der Polizei in Oceanview. Dieselbe Frau wie neulich stellte ihn zu dem gewünschten Apparat durch.

»Rauschgiftdezernat, Crowley.«

»Hören Sie, Chef. Ich komme gerade von Momo, er

ist allein in seiner Bude. In ein paar Minuten geht er frühstücken. Irgendwo im Viertel. Danach lässt er sich die Haare schneiden. Anschließend wird er wie üblich mit einer Ladung Stoff zum Panama Club fahren. Das dürfte der beste Moment sein, ihn zu schnappen, unterwegs, dann bekommt nämlich keiner aus dem Viertel mit, was passiert. Die Braut könnte sonst am Ende noch dahinterkommen und in Panik geraten. Sie wissen ja, sie hat nicht alle beisammen. Verstehen Sie, was ich meine?«

Crowley machte nicht gerade einen begeisterten Eindruck. »Ja, okay.«

»Sie machen mit, oder?«

»Habe ich doch gesagt.«

»Sie scheinen aber nicht wirklich glücklich darüber zu sein.«

»Ist halt mein Job, die schmutzige Seite meines Jobs. Ich werde bezahlt und gebe mein Bestes. Glaubst du, ich hüpfe vor Freude auf und ab, nur weil ich eine Abmachung mit dem Feind habe?«

»Okay«, sagte Stark verständnisvoll. »Aber da ist noch eine Sache. Könnte sein, dass er einen Ballon mit Stoff im Mund hat.«

»Ist das was Neues bei Straßendealern?« knurrte Crowley sarkastisch.

»Nein, aber wer immer ihn einkassiert, sollte wissen, dass Momo genug Zeit haben muss, das Zeug runterzuschlucken. Falls Sie es ihm abnehmen, müssen Sie ihn einsperren, denn andernfalls sähe es komisch aus. Wenn Sie ihn aber zu lange im Knast behalten, könnte die Connection anfangen, sich Sorgen zu machen, und verschwinden. Es muss so aussehen, als ginge es nur um ein Verhör wegen irgendeiner unwichtigen Sache. Ich bin sicher, Ihnen wird schon was einfallen. So gegen fünf lassen Sie ihn dann wieder laufen.«

»Ich weiß selbst, wie es aussehen muss, Scheiße noch mal! Du verpfeifst nicht nur deinen Kumpel, du versuchst auch noch meinen Job zu machen. Ich habe noch nie eine Ratte gesehen, die so die Hosen voll hatte und zugleich so engagiert war wie du.« Die schiere Verachtung in Crowleys Stimme ließ Stark vor Wut einen roten Kopf bekommen. Seine unterwürfige und nervöse Rolle spielte er weiter.

»Ich versuche nur sicherzugehen, dass auch alles glatt läuft, um mich selbst zu schützen. Mein Hals steckt auch in der Schlinge. Mann, bei Ihrer letzten Aktion haben Sie es geschafft, dass mir um ein Haar die Birne weggepustet worden wäre. Das war nicht cool.«

Crowley antwortete nicht.

»Lieutenant?« fragte Stark vorsichtig, prüfend, ob die Verbindung getrennt worden war.

»Vielleicht gibt mir dein Kumpel, dieser fette Hawaiianer, ja den Namen seines Lieferanten. Dann muss ich mich nicht mehr um dich kümmern. Ich werde Dummy einfach stecken, dass du all deine Freunde verpfeifst.«

»Das ist nicht komisch. Ich versuche nur, Ihnen zu helfen.«

Dann war die Leitung tot.

Eine unbändige Wut stieg in Stark auf, als er sich hinters Lenkrad klemmte. Er wünschte, es gäbe eine Möglichkeit, diesen widerlichen Bullen zu vernichten. Vielleicht wenn er ihm was anhängte ... Aber es gab andere Dinge, um die er sich zuerst kümmern musste. Er warf einen Blick auf die Tankanzeige. Vor der langen Fahrt musste er unbedingt noch nachfüllen. Er hatte ein paar Sachen in Riverside zu erledigen und musste dann weiter nach Süden, in einen exklusiven Vorort von La Jolla.

15

Am Abend zuvor hatte er Alfie angerufen, der für ihn ein Treffen mit dem Mex-Dealer ausmachen sollte. Er erzählte seinem Freund, er habe einen Plan, der sie reich machen und die Konkurrenz ausschalten würde.

»Du wirst den Typen doch nicht umbringen, oder?« fragte Alfie. »Das wäre verrückt.«

»Nein, beruhige dich«, entgegnete Stark. »Das ist rein geschäftlich.«

Stark musste unbedingt an den obersten Mexikaner herankommen, um zu sehen, ob sie an dem besseren Stoff interessiert waren. Er hatte einen Plan, wie er endlich auf dem Fahrersitz landen und reich werden würde.

Der Mexikaner wartete neben einem verrosteten Pick-up. Nichts Auffälliges, nichts, was Aufmerksamkeit erregen konnte. Jeder Mexikaner, der so eine Karre fuhr, wollte sich ganz bewusst bedeckt halten. Die Chicanos mit ihren hochfrisierten, aufgemotzten Schlitten wurden ständig von den Cops beobachtet.

Der Dealer war sehr groß und dunkelhäutig, mit indianischen Zügen. Neben ihm stand ein weiterer großer, kräftiger Mexikaner, der aussah, als hätte er eine Kanone. Der Bodyguard sagte nichts, seine Verachtung für die beiden Gringos war vom ersten Augenblick an nicht zu übersehen. Der Dealer sprach nur wenig, spickte aber alle seine Sätze mit ordinären Flüchen. Er reagierte misstrauisch, als er erfuhr, dass Stark und Alfie nicht Käufer, sondern Verkäufer waren.

Zehn Minuten später war die Stimmung noch schlechter. Stark gab dem Kerl eine großzügige Probe des erstklassigen Heroins, das er einige Stunden zuvor aus dem Abflussrohr in Momos Wohnung geholt hatte. Stark sagte, er solle es seinem Chef zeigen, und versprach, unbegrenzt liefern zu können, zu einem lächerlichen Preis. Das Angebot war so gut, dass der Mexikaner vor Staunen große Augen bekam. Später erklärte Stark Alfie, dass sie nach der ersten Lieferung anfangen würden, mit ihren Preisen deutlich anzuziehen. Stark war überzeugt, dass sich die Mexikaner aus blanker Habgier auf ein nächtliches Treffen einlassen würden. Am längeren Hebel saß immer derjenige, der verkaufen wollte. Der Mexikaner würde Alfie anrufen, um das Treffen mit seinem Chef zu vereinbaren.

Es war früher Nachmittag, und Hitzewellen schimmerten über dem Asphalt, als Stark langsam an der Aztec Travel Agency vorüberfuhr. Das Reisebüro befand sich in einem länglichen, einstöckigen Gebäude, noch neu und weiß gestrichen, in dessen Schaufenster bunte Reiseplakate mit den Namen weit entfernter Orte und Firmen wie Greyhound, TWA, BOAC und anderen auslagen. Er bog an der Ecke ab und fuhr die Gasse hinter dem Reisebüro hinunter, prüfte den Hintereingang. Auf einem Parkplatz neben dem Gebäude stand ein neuer Cadillac.

Stark hielt einen halben Block entfernt und ging zu Fuß zum Boulevard zurück, blieb vor dem Schaufenster stehen und tat, als würde er aufmerksam die angebotenen Reisen studieren. In Wahrheit jedoch checkte er das Innere des Ladenlokals, in dem sich zwei Angestellte befanden – ein Junge und ein Mädchen, beide Mitte zwanzig, gepflegte College-Typen. Unmöglich, dass die beiden etwas mit Drogenhandel zu tun hatten. Sie saßen an ihren Schreibtischen und schauten nicht auf. Stark lungerte unauffällig herum und wurde schließlich belohnt. Durch eine Tür mit der Aufschrift »Privat« im hinteren Teil trat eine Frau mittleren Alters. Sie war teuer gekleidet, hatte gut frisiertes, graues Haar und trug jede Menge Goldschmuck. Sie sprach mit den beiden Kids, nahm einige Papiere in die Hand und verschwand wieder in ihrem Büro. Alles sah völlig normal und legal aus. Vielleicht hatte er einen Fehler gemacht.

Stark wandte sich ab. Er würde warten müssen, bis der große Fisch auftauchte. Auf der anderen Straßenseite gab es ein Café, von dem aus man das Reisebüro gut im Blick behalten konnte. Er bestellte sich eine Tasse Kaffee, sicherte sich einen Platz am Fenster und machte es sich bequem. Langsam begann er sich zu sorgen, ob Momo nicht vielleicht doch den Namen seines Lieferanten preisgab. Wenn es so war, würde es hier bald vor Bullen nur so wimmeln.

Nach einer Stunde hatte er es satt und war kurz davor zu gehen, als auf der anderen Straßenseite ein ihm vertrautes Kabrio hielt. Es war Dummy. Er beobachtete, wie der Stumme das Reisebüro betrat. Die mit »Privat« gekennzeichnete Tür öffnete sich. Ein paar Minuten später kam Dummy wieder heraus, die alte Braut begleitete ihn zur Tür. Unter dem Arm trug er ein kleines Päckchen. Stark wusste, was sich in diesem Päckchen befand. Momo hatte ihm ja gesagt, dass Dummy ein Kurier sei.

Sobald Dummy wieder verschwunden war, verließ Stark seinen Tisch und überquerte die Straße. Vielleicht war der große Fisch höchstpersönlich anwesend. Im Inneren des Reisebüros ließ ihn die klimatisierte Kühle frösteln. Das Mädchen erhob sich hinter seinem Schreibtisch und kam auf ihn zu. Sie war sonnengebräunt, wirkte gesund und war auf jugendliche Art hübsch. Sie lächelte, ihre Zähne waren perfekt.

»Es geht um einen dreimonatigen Urlaub für mich und meine Frau. Ist der Chef vielleicht da? Ich hätte gern gewusst, welche Kosten da auf mich zukommen und welche Reiserouten in Frage kämen.«

»Nun, wir haben eine ganze Reihe Prospekte und Kataloge, die ich Ihnen gern mitgeben kann …«

»Nein, lassen Sie mich lieber mit Ihrem Chef sprechen.«

»Ich werde schauen, ob Mrs. Klein zu sprechen ist. Wen darf ich anmelden?«

»Mein Name ist Burdman.«

Sie ließ ihn stehen und ging zu der Tür des separaten Büros, klopfte an und trat dann ein.

Stark schaute sich um, während er wartete. Der junge Mann saß an einem Schreibtisch und schrieb eifrig. Bis auf einen kurzen Blick hatte er Stark bislang nicht weiter beachtet.

Das Reisebüro war klein, aber die Geschäfte schienen zu laufen, es war eine perfekte Tarnung. Er hatte zumindest zwielichtige Typen erwartet, oder irgendetwas Geheimnisvolles. Wäre Dummy nicht gekommen, hätte er gedacht, er sei auf der falschen Spur.

Das Mädchen winkte ihn herüber, lächelte immer noch. »In Ordnung, Mr. Burdman. Mrs. Klein hat jetzt Zeit für Sie.«

Das Mädchen stellte ihn vor, verschwand dann unauffällig, als die Frau hinter ihrem Schreibtisch hervorkam, um ihm die Hand zu schütteln. Sie lächelte, doch Stark merkte, dass keine Herzlichkeit darin lag, sondern dass ihre kalten Augen ihn aufmerksam musterten.

»Mr. Burdman, schön, Sie kennenzulernen. Nehmen Sie doch bitte Platz. Wie ich höre, planen Sie mit Ihrer Gattin eine längere Reise. Wie kann ich Ihnen helfen?«

Sie gaben sich die Hand.

»Eigentlich wollte ich mit Mr. Klein sprechen. Ist er nicht da? Ich habe geschäftliche Dinge mit ihm zu klären.«

»Ich fürchte, da werden Sie lange warten müssen, Mr. Burdman. Mein Mann ist vor drei Jahren verstorben. Seitdem leite ich das Reisebüro.«

»Ein Bekannter hat mich geschickt – Momo Mendoza.«

»Tut mir sehr leid, aber dieser Name sagt mir nichts.«

»Sie kennen ihn. Er ist ein sehr fetter hawaiianischer Drogendealer. Sie würden ihn nicht vergessen. Höchstwahrscheinlich ist er der einzige Dealer in ganz Kalifornien, der aus Hawaii kommt. Sie haben ihm in letzter Zeit ziemlich gutes Dope verkauft.«

»Sie irren sich. Ich kenne diesen Mann nicht. Wir sind

ein konzessioniertes Reisebüro und bereits seit fünfzehn Jahren im Geschäft.«

»Läuft nicht, Lady. Ich habe Ihren Kurier gesehen, meinen alten Kumpel Dummy, wie er aus Ihrem Laden gekommen ist. Und unter dem Arm hatte er keine Reisekataloge.«

»Sie meinen Mr. Floyd? Er ist Kurier für unsere besten Kunden. Für gewöhnlich bringt er ihnen persönlich die Flugtickets und Reservierungsbestätigungen vorbei. Hier geschieht nichts, was illegal ist. Wer sind Sie überhaupt? Sind Sie von der Polizei? Zeigen Sie mir Ihren Ausweis!«

»Hören wir doch auf, uns gegenseitig was vorzumachen. Ich bin gekommen, um Ihnen einen Gefallen zu tun. Das heißt, sofern nicht Momo, während wir hier reden, bei den Bullen auspackt. Die haben ihn vor ein paar Stunden einkassiert. Momo und ich sind Partner. Er hat mir gesagt, dass Sie seine Connection sind – der große Fisch.«

»Wenn Sie nicht sofort gehen, werde ich die Polizei verständigen. Ich erkenne einen Lügner, wenn ich einen sehe. Und einen ehemaligen Strafgefangenen auch. Die Polizei würde Sie sicher liebend gern verhaften.«

»Wir wollen nichts überstürzen, ja? Ich bin hergekommen, um Ihnen einen Gefallen zu tun. Einen großen Gefallen. Zufälligerweise weiß ich, dass Ihre größte Konkurrenz, das mexikanische Netzwerk, schon bald nicht mehr im Geschäft sein wird. Bei der hohen Qualität des Stoffs, den Sie haben, können wir locker ihren Platz einnehmen. Die haben hauptsächlich mit Mexikanern gedealt, aber diesen Teil des Geschäfts kann mein Partner

Momo übernehmen. Ich habe Verbindungen, die nur aktiviert werden müssen.«

»Wer weiß noch, dass Sie hier sind?« fragte sie, schon ein wenig interessierter. »Wer hat Ihnen von mir erzählt?«

»Mein Partner Momo, aber er hat nie Ihren Namen genannt. Wahrscheinlich wollte er mich auf eine falsche Fährte locken.«

»Und dieser Momo sagt, er habe sich mit mir getroffen?«

»Natürlich.«

Mrs. Klein lachte. »Bislang hat mich noch kein Dealer persönlich kennengelernt. Mit einer Ausnahme, und Mr. Floyd, der Mann, den Sie Dummy nennen, hat sich um dieses Problem gekümmert. Woher weiß ich, dass Sie kein Cop sind? Woher weiß ich, dass nicht alles, was Sie erzählen, erlogen ist?«

»Fragen Sie Dummy nach mir. Wir kennen uns von einem gemeinsam verbrachten Freizeitaufenthalt auf Staatskosten. Wir sind Kumpels, er kann für mich bürgen.«

»Hat *er* Ihnen von mir erzählt?«

»Wohl kaum. Man nennt ihn nicht Dummy, weil er nicht reden kann. Man nennt ihn so, weil er nichts ausplaudert.«

»Und wie haben Sie mich dann gefunden?

»Dummy sollte nicht mit Streichholzheftchen herumrennen, auf die Werbung Ihres Reisebüros gedruckt ist. Das und die Tatsache, dass Momo meinte, seine Connection sitze in La Jolla. Ich habe diese beiden Informationen einfach nur zusammengefügt. Dummys heutiger Besuch hat die Sache dann abgerundet.«

»Wer weiß noch von mir?«

»Tja, ich werd's wohl Momo, meinem Partner, sagen müssen, aber der wird nicht reden. Aus Angst vor Dummy.«

»Woher weiß ich, dass ich Ihnen vertrauen kann? Warum sollte ich das?«

»Sie werden mich brauchen. Wir brauchen uns gegenseitig. Da draußen liegen Millionen herum, wir müssen sie nur aufsammeln.«

»Geben Sie mir vierundzwanzig Stunden, um über alles nachzudenken. Ich bin nicht sicher, ob ich den Nachschub für ein so großes Geschäft liefern kann. Und ich bin nicht sicher, ob ich es will. Im Moment komme ich ganz gut zurecht.«

»Wenn wir nicht jetzt sofort handeln, wird es ein anderer tun. Und die werden dann gerne auf Sie als Konkurrentin verzichten wollen. Entweder jetzt oder nie.«

»Ich muss darüber nachdenken. Geben Sie mir eine Nummer, unter der ich Sie erreichen kann. Ich muss überlegen, ob ich dieses Angebot wirklich annehmen kann. In der Zwischenzeit vergessen Sie einfach, dass Sie jemals hier gewesen sind. Und erzählen Sie niemandem davon. Nicht, wenn Sie am Leben bleiben wollen.«

»Ich kann Ihnen keine Telefonnummer geben, aber Dummy weiß, wo er mich findet. Oder Momo. Sollte ich in vierundzwanzig Stunden nichts von Ihnen hören, wird ein Beamter des Rauschgiftdezernats von unserem Treffen erfahren.«

»Nicht nötig, mir zu drohen. Sie haben keinerlei Beweise. Versuchen Sie nicht, mich aufs Kreuz zu legen, andernfalls werden Sie eine andere Seite von Mr. Floyd kennenlernen. Drücke ich mich deutlich genug aus?«

»Wir sollten einander nicht drohen. Keiner von uns möchte in den Bau wandern – schon gar nicht, wenn wir zusammen reich werden könnten. Ich erwarte Ihren Anruf.«

Mrs. Klein schüttelte seine ausgestreckte Hand. Ein gutes Zeichen. Er konnte es kaum erwarten, Momo zu erzählen, dass der dicke Fisch eine Frau war. Was für ein Spaß.

»Sie finden allein hinaus, Mr. Burdman, richtig? Das ist nicht Ihr richtiger Name, oder? Wenn wir Partner werden, sollte ich auch Ihren wahren Namen kennen.«

»Nennen Sie mich einfach Stark. Das genügt.«

»Guten Tag, Mr. Stark. Sie werden von mir hören.«

Stark verließ das Reisebüro, ging den Block hinunter. Die Straße brannte. Aus dem eiskalt klimatisierten Reisebüro hinauszutreten in die Hitze des Tages war, wie mit einem Hammer einen Schlag auf den Kopf zu bekommen. Er fand eine Telefonzelle und rief in Momos Wohnung an. Inzwischen musste er wieder draußen sein.

Das Telefon klingelte und klingelte. Niemand ging ran. Momo konnte unmöglich noch im Gefängnis sitzen. Er konnte seine Connection aber auch nicht Crowley preisgegeben haben. Er wusste nicht mal, dass es eine Frau war. War es denkbar, dass der Bulle ihn in die Mangel nahm, wie er es mit Stark gemacht hatte? Er würde es wieder versuchen, sobald er in Oceanview war.

Auf der Fahrt nach Hause fragte er sich, ob er es richtig angepackt hatte. Diese Mrs. Klein war ziemlich clever.

Vielleicht sogar gefährlich. Ein falscher Schritt, und sie schickte ihn in den Bau – oder er war tot. Sie würde er nicht bescheißen können. Er musste die ganze Sache zum Laufen bringen, sobald sie ihm grünes Licht gab. Wie würde er das anstellen? Und wie würde er Momo die Neuigkeiten erzählen – besonders die mit Dorie? Er würde sich die Braut vom Hals schaffen müssen. Er brauchte Momo. Dorie würde es überleben.

16

Das letzte rote Licht des Tages lag über Oceanview, als Stark den Panama Club betrat. Um diese Uhrzeit war nicht viel los. Die beiden Barkeeper füllten die Regale und Vorräte auf. Die Animierdamen saßen in einer Reihe auf Barhockern, drei Quasselstrippen, Kaugummi kauend. Eine Handvoll Gäste saß an der Bar. Die Jukebox war vorübergehend still.

»Du tauchst heute aber früh auf, Schätzchen«, sagte eines der Mädchen.

»Vielleicht mach ich ja noch einen großen Fang, Süße. Früher Vogel fängt den Wurm.« Stark steuerte auf einen freien Barhocker zu, blieb dann aber stehen: »Elaine, hast du Momo gesehen?«

Das Mädchen erwiderte Starks Blick. Sie bemerkte, wie ausgezehrt er war, interpretierte es aber falsch. »Nein, Baby. Ich glaube, der war den ganzen Tag noch nicht hier. Ein paar Leute haben nach ihm gefragt. Die sahen nicht besonders munter aus. Jess hat sie rausgeschmissen.«

Er nickte. »Danke. Ich wollte ihn nur kurz sprechen. Ihm einen ausgeben.« Er ging zu dem Barhocker und dachte: Crowley hat Wort gehalten, aber wo steckt Momo jetzt? Stark würde den Bullen anrufen müssen, um herauszufinden, was hier abging. Er brauchte Momo für die geplante Geschäftserweiterung, aber der Cop würde keine Ruhe geben, bis er jemanden eingelocht hatte. Wie konnte Stark es schaffen, nicht ins Gefängnis zu wandern und gleichzeitig das Ding durchzuziehen – direkt vor Crowleys Nase? Das würde definitiv sein größter Coup werden – sofern er damit durchkam. Er würde ihm irgendwas zum Fraß vorwerfen müssen. Bald.

Der Barkeeper kam und kommentierte ebenfalls sein frühes Erscheinen. Stark zuckte mit den Achseln und zwang sich, ein bisschen zu quatschen.

»Im Moment läuft nicht viel. Da dachte ich, komm ich doch einfach her und schlepp eines der Mädchen ab, bevor sie zu viel zu tun bekommen. Würde sogar ein paar Scheine lockermachen.« Er zwinkerte vielsagend, und der Barkeeper lachte.

»Eine bestimmte?«

»Die sind doch alle gleich. Im Dunkeln sind alle Ratten grau.«

»Du solltest mal die Neue ausprobieren, die kleine Asiatin. Ich hab sie vor zwei, drei Tagen getestet. Die hat's drauf.«

»Ja, vielleicht mache ich das. Ich habe sie mir letzte Nacht schon angesehen. Gib mir einen doppelten Harper's. Und nimm dir auch einen.« Er kramte ein dickes Bündel Scheine heraus. »Ich hab genug Kohle dabei.«

Crowley würde es sicher gefallen, das ganze mexikanische Netzwerk auszuschalten, dachte Stark. In Santa Ana hatte er von Alfie den Namen des Mexikaners erhalten, der die Gegend belieferte. Wahrscheinlich ein illegaler Einwanderer. Wenn Crowley den Kerl erst mal in den Fingern hatte, konnte er ihm mit Abschiebung Dampf unterm Hintern machen. Auf diese Weise hätte er was zu tun, während er und Momo das Geschäft übernahmen.

Er ging zu der Telefonzelle vor der Herrentoilette und wählte Momos Nummer. »Hallo?«

Scheiße, es war Dorie.

»Was zum Henker machst du in Momos Bude? Ich hab dir doch gesagt, du sollst dich unsichtbar machen. Du wirst mir noch meinen Deal mit Momo versauen. Bist du bescheuert?«

»Ich konnte nicht in deiner Wohnung bleiben. Vor ungefähr einer Stunde hat das Telefon geklingelt. Ich bin rangegangen, aber niemand hat sich gemeldet. Fünfzehn Minuten später noch mal. Ich dachte, du wärst es, und hab gesagt, leck mich. Aber das warst du nicht, der da angerufen hat, oder?«

»Nein, ich habe nicht angerufen. Irgendwer scheint da ein Spielchen zu spielen.« Konnte Klein sich so schnell entschieden haben?

»Jedenfalls, ich hab totale Panik gekriegt und bin in Momos Wohnung zurück, aber er war nicht hier. Ich nehme an, er ist bei dir im Club.«

»Nein, hier ist er nicht. Scheiße, wo zum Teufel kann er stecken? Seine Kunden warten auch auf ihn. Du kannst jetzt eigentlich genauso gut bleiben, wo du bist. Momo darf nicht wissen, wo du letzte Nacht geschlafen hast. Erzähl ihm irgendeinen Scheiß. Das kannst du doch ganz gut. Ich hab ihm gesagt, du wärst nur weg, um wieder einen klaren Kopf zu bekommen, und kämst wahrscheinlich zu ihm zurück. Ich rufe dich wieder an, sobald er aufkreuzt.«

Er legte auf und wählte sofort Crowleys Nummer.

»Ich möchte Lieutenant Crowley sprechen.«

»Er ist momentan nicht im Büro. Wer spricht da, bitte?«

»Mein Name ist Stark.«

»Er lässt ausrichten, dass er dringend mit Ihnen reden muss. Bitte hinterlassen Sie Ihre Nummer. Er wird Sie sofort anrufen, wenn er wieder reinkommt.«

»Ich hinterlasse keine Nummer. Ich werde in einer Stunde noch mal anrufen.«

Bei einem doppelten Bourbon dachte Stark darüber nach, wie sich jetzt alle Steinchen zusammenfügten. Er würde sich die Mexikaner mit einem einzigen Anruf bei Crowley vom Hals schaffen. Und der Bulle würde ihm dafür auch noch auf ewig dankbar sein. Er rief erneut in Momos Wohnung an, aber Dorie sagte, er sei immer noch nicht aufgetaucht. Sie klang verängstigt, aber das war Stark in diesem Augenblick egal. Er fühlte sich taub, warf einen Blick auf seine Uhr. Er fragte sich, ob mit Momo alles in Ordnung war.

Nach einem weiteren Doppelten begann der Bourbon zu wirken, die Sorgen verblassten. Seine Augen wanderten über die knallbunte Inneneinrichtung des Clubs, der sich jetzt mit der üblichen Meute füllte. Er ließ die Eurasierin, die der Barkeeper vorhin erwähnt hatte, nicht aus den Augen; es war dasselbe Mädchen, das Dummy am Abend zuvor angestiert hatte. Sie war hübsch, klein, hatte perfekte Proportionen und schien noch sehr jung zu sein.

Sie hatte eine ähnliche Aura wie Dorie, voller Sinnlichkeit und Unschuld. Ihre rabenschwarzen Locken waren über den hohen Wangenknochen zurückgekämmt und zu einem Knoten gebunden, was ihr Koboldgesicht und die Mandelaugen betonte. Im Augenblick hatte sie den Kopf schräg gelegt, während sie einer älteren Prostituierten zuhörte. Ihr Blick begegnete Starks.

Er winkte den Barkeeper heran. »Du kennst doch die kleine Braut da, oder?«

»Welche?«

»Das kleine Püppchen da hinten. Die, über die wir vorhin geredet haben.«

»Oh, ja. Toy. Falls du sie kennenlernen möchtest, sie ist zu haben.«

»Hat sie einen Zuhälter?«

»Nein. Sie ist ein Outlaw. Aber sie wird hart umworben.«

»Jede Wette. Wie heißt sie noch schnell, sagtest du?«

»Toy.«

»Passt zu ihr. Sag ihr, sie soll herkommen. Ich will sie auf einen Drink einladen.«

Der Barkeeper nickte und ging.

»Toy«, murmelte Stark und beobachtete das Mädchen, als es sich zu dem Barkeeper vorbeugte. Nachdem Dorie jetzt wieder weg war, brauchte er vielleicht eine neue Freundin, eine, die nicht so viel Ärger machte. Mit Sicherheit war sie das hübscheste Mäuschen weit und breit. Er kippte den Rest seines Drinks runter und schaute zu, wie das Mädchen zu ihm kam.

Sie hatte eine ungewöhnliche Anmut, war provokativ,

aber ohne die Plumpheit der meisten Bordsteinschwalben. Ihr Lächeln, als sie Stark erreichte, war verschmitzt und wirkte doch aufgesetzt. Sie registrierte an seinen glasigen Augen, dass er leicht angetrunken war.

»Du wolltest mich sprechen?« So wie sie das sagte, war es keine Frage; es war sowohl eine Herausforderung als auch eine Einladung.

»Ich wollte nur ein bisschen quatschen.«

Das Lächeln verblasste ein wenig. »Zeit ist Geld, Schätzchen«, sagte sie.

»Ich weiß. Meine ist sehr kostbar.«

Das Lächeln war fort, Verblüffung sprach nun aus ihrem Gesicht. Lange Zeit sagte sie dann nichts mehr, und in ihren schwarzen Augen waren ihre Gedanken ebenfalls nicht zu lesen.

»Und?« fragte sie schließlich.

»Setz dich und trink ein Glas mit mir.« Er deutete auf einen Barhocker.

Sie sah zuerst den Hocker, dann ihn an. Er wusste, dass sie sich jetzt fragte, ob er naiv war oder Witze machte.

Er grinste und zückte die fette Geldscheinrolle. »Normalerweise bin ich kein Freier, meine Hübsche, aber heute Nacht mach ich mal eine Ausnahme, ich bin reich, also, wie ist der Tarif für eine kurze Unterhaltung?«

Toy schaute sich nervös im Raum um, vergewisserte sich, dass keine Beamten von der Sitte in der Nähe waren, die das Wedeln mit den Scheinen beobachtet haben könnten. Sie zögerte, dann ließ sie sich auf einem Hocker nieder.

»Steck das weg. Reden kostet nur einen Drink. Alles andere – darüber sprechen wir dann, wenn's so weit ist. Du scheinst ja zu wissen, wie das Spiel läuft.«

»Baby, ich habe das Spiel erfunden.«

Toy lächelte.

»Also, zu was darf ich dich einladen?«

»Einem Screwdriver.«

Er schnipste mit den Fingern nach dem Barkeeper, bestellte ihren Drink und ließ sich selbst nachfüllen.

»Verzichte wegen mir nicht auf Einnahmen, Baby«, sagte er. »Wenn einer aufkreuzt, kümmere dich um deine Geschäfte.« Er zwinkerte. Sie errötete. »Schön, dass du das noch kannst«, sagte er. »Rot werden, meine ich. Du bist nicht so abgebrüht, wie du tust.«

»Das werden wir ja sehen, wenn jemand hereinkommt.«

»Du tust, was du tun musst. Dich um deine Geschäfte kümmern.« Er lachte, und sie lachte mit. Ihre Lachfältchen verliehen ihr das Aussehen eines kleinen, unschuldigen Mädchens. »Man nennt dich also Toy. Wie lautet dein Nachname?«

»O'Neill.«

»Toy O'Neill. Ist ja super. Richtig professionell, wie Suzy Wong oder so.« Er betrachtete ihre glänzenden Augen, ihre reine Haut. »Du bist klasse, Baby, ein echt klasse Schuss.«

»Du aber auch. Du kannst verdammt gut reden.« Sie glühte vor Erregung.

»Tja, so bin ich. Ernie Stark, Betrüger, Zocker und der weltbeste Redner. Aber du machst mich fast sprachlos.

Vielleicht investiere ich in dich sogar etwas Zeit und Geld.«

Sie lachte. »Jetzt hör aber auf.«

»Erzähl mir von dir.«

»Von mir? Was willst du hören, die übliche Geschichte, wie ich von einem Mann schlecht behandelt wurde und mich jetzt an allen Männern rächen will? Oder wie ich dazu gebracht worden bin, das zu tun, was ich heute tue?«

»Erzähl mir irgendwas. Eine gute Lüge ist besser als die langweilige Wahrheit.«

»Aber komm mir nicht damit, dass ich mir einen Mann suchen, heiraten, sesshaft werden und Kinder großziehen sollte.«

»Baby«, sagte Stark und spielte den Beleidigten, »so etwas würde ich nie zu dir sagen. Ich stehe selbst nicht so auf die Ehe. Geh mit ihnen ins Bett und sag danach, es war nett. Ich liebe es schnell und gefährlich.« Der Barkeeper brachte ihre Drinks. Stark bezahlte und nahm sein Glas. »Lass uns darauf trinken. Vielleicht machen wir es nicht mehr lange, aber wen interessiert's?« Mit zwei schnellen Schlucken stürzte er seinen Doppelten herunter und schaute sich sofort wieder nach dem Barkeeper um.

Stark faszinierte Toy O'Neill; sie beobachtete ihn mit einem Lächeln, das sich in ihr Gesicht eingegraben hatte. Er sah sie wieder an, und jetzt war sein Gesicht völlig ernst.

»Was passiert, wenn du nicht mehr jung und hübsch bist?«

»Hast du nicht gerade gesagt, ›wen interessiert's‹?«

»Das war vor ein paar Minuten.«

»Das wird noch eine ganze Weile dauern. Ich bin erst zwanzig.«

»Zwanzig. Scheiße, du dürftest nicht mal hier sein und trinken.«

»Das ist nicht dein Ernst, oder?« Dann sah sie in Starks Gesicht ein unterdrücktes Lachen und gab ihm einen verspielten Klaps aufs Handgelenk. »Hör auf damit.«

»Im Ernst, woher kommst du? Du bist neu hier.«

»Ich bin auf Bewährung aus dem staatlichen Mädchenheim entlassen.«

»Die haben dich aber nicht auf Bewährung rausgelassen, damit du hier arbeitest.«

»Nein. Die haben mich auf Bewährung rausgelassen, damit ich in einem billigen, drittklassigen Restaurant in der Innenstadt von L. A. als Kellnerin arbeite.«

»Hier geht's dir besser. Oceanview ist in Ordnung. Es ist klein, und es gibt nicht zu viel Konkurrenz. Du lernst schnell alle kennen und blickst bald durch. Ich komme hier ganz gut klar.«

»Musst du wohl – dem Geldbündel nach zu urteilen. Womit machst du deine Kohle? Das hast du doch nicht von einem Mädchen, das für dich anschafft, oder?«

Er machte eine abfällige Handbewegung. »Keine Braut kann so viel ranschaffen wie ich. Die halten das Tempo nicht durch. Ich bin beweglich, Baby. Und immer unterwegs.« Er spuckte große Töne und fühlte sich gut; seine Prahlerei war in diesem Moment die Wahrheit – seine Wahrheit. »Ich bin der König hier, weil ich kalt bin,

Baby, raffiniert und eiskalt. Ich tue, was ich will, und ich empfinde nichts. Wenn sich mir jemand in den Weg stellt, trete ich ihm die Beine unter dem Hintern weg – so hart und so schnell, dass derjenige nicht weiß, wie ihm geschieht. Jetzt ist mein Geldbündel schon richtig fett, aber in ein oder zwei Wochen hab ich noch erheblich mehr. Vielleicht kauf ich dann den Laden hier. Ich hab ein großes Ding laufen …« Er erzählte die Geschichte nicht zu Ende, verriet keine Details. Trotz des Whiskeys – er war schon zu lange im Geschäft, um nicht zu viel auszuquatschen.

Toy war neugierig; es war an den Falten auf ihrer Stirn zu erkennen, daran, wie sie sich zu ihm vorbeugte. Aber sie kannte sich gut genug aus mit Typen mit fetten Geldbündeln, die aus dem Milieu kamen, um nicht auf noch mehr Informationen zu drängen.

Er sprach weiter, ohne groß was zu sagen. Er hörte sich einfach nur gern selbst reden. Das Mädchen kicherte und war fasziniert von Starks Auftritt.

Die Unterhaltung wurde vom Barkeeper unterbrochen, der Toy beiseiterief und ihr zuflüsterte, ein Freier mit ordentlich Geld in der Tasche warte am anderen Ende der Theke. Toy kam zurück und sah Stark entschuldigend an. Sie erklärte die Situation mit den Worten: »Ein Mädchen muss seinen Lebensunterhalt verdienen.«

Sie wartete auf einen Kommentar. Inzwischen hatte Stark recht trübe Augen und bekam nicht mit, dass sie offenbar sein Einverständnis wollte.

»Ist das o.k.?« fragte sie schließlich.

»Ein Mädchen muss sich um seine Geschäfte kümmern. Das Geschäft kommt immer zuerst.« Er lachte und zwinkerte.

Sie rutschte vom Barhocker. »Wann sehe ich dich wieder? Später heute Nacht?«

Stark sah in ihr hübsches Gesicht, das noch nicht verhärtet war. Sie würde gut sein. »Morgen. Wenn alles gut läuft, buche ich dich vielleicht sogar für den ganzen Abend.«

»Das musst du aber gar nicht«, sagte sie leise.

Er blinzelte, begriff, was sie da gesagt hatte. Dann war Toy fort. Er schaute ihr nach, wie sie, die Hüften wiegend, die Theke hinunterging. »Scheiße«, murmelte er. »Ich bin unschlagbar. Ich hab mir die schärfste Nutte der Gegend gekrallt, ohne es zu wollen.« Er freute sich höllisch über ihr Angebot und sah auf die Uhr. Es war halb zehn. Ihm wurde klar, dass es an der Zeit war, Crowley anzurufen und herauszufinden, was los war. Hielt er Momo immer noch fest? Er warf Toy, die mit dem Freier flirtete, einen Blick zu. Morgen würde er sie sicher sehen. Er drückte sich von der Theke ab und ging mit unsicheren Schritten zur Tür. Um ihn herum herrschte Hochbetrieb. Menschen mit gebrochenen Seelen lachten Tränen, die Musik dröhnte, die Luft war zum Schneiden dick.

17

Mit Einbruch der Nacht hatte sich ein kühler Nebel über Oceanview gelegt. Er dämpfte den Schein der Straßenlaternen und verwischte die Umrisse der Gebäude und parkenden Autos. Es ging keine Brise, doch die Luft fühlte sich feucht und kalt an. Stark atmete tief ein und schloss die Augen, versuchte, den Kopf frei zu bekommen. Die Geräusche aus dem Club wurden leiser, während er zu seinem Kombi ging. Er hatte leichte Kopfschmerzen, und auch die Übelkeit setzte ein. Sobald er das Telefonat mit Crowley gemacht hatte, war Drücken angesagt. Das Dope würde sich um den Schmerz kümmern.

Er ging um die Straßenecke und sah zwei Blocks entfernt seinen Wagen am Bordstein stehen. Die Nebenstraße war dunkler, überhaupt kein Verkehr. Nur die undeutliche Gestalt eines stämmigen, dunkelhäutigen Kerls war sichtbar, auf der anderen Straßenseite, genau gegenüber von seinem Wagen.

Er sah ein Auto durch den Nebel näher kommen. Als es auf einer Höhe mit dem Fremden war, gab es mehrere Fehlzündungen. Der Auspuff knallte lautstark, ein Geräusch, das von den Wänden der umliegenden Häuser zurückgeworfen wurde. Es klang irgendwie vertraut. Wie Schüsse. Er war zwanzig Meter von dem Kerl entfernt, der sich jetzt in seine Richtung bewegte. Stark hatte fast das Gefühl, nur Zuschauer zu sein, von außen zu beobachten, wie sich alles entwickelte, und doch, selbst durch den Bourbon-Dunst holte ihn die Wirklichkeit schnell ein. Etwas jagte durch seine Adern, wie ein Stromschlag. Jemand schoss auf ihn. Der Typ sah überhaupt nicht aus wie Dummy, er bewegte sich viel zu langsam. Hatte Mrs. Klein ihn losgeschickt? War das ihre Antwort?

Ohne Zögern sprang Stark zwischen zwei Autos auf die Straße. Er hatte Angst, fast Panik. Schnell überquerte er die Straße, schaute zurück zum Bürgersteig. Die Gestalt trat zwischen zwei anderen Autos hindurch, um ihm den Weg abzuschneiden. Stark wirbelte herum und rannte in die Richtung zurück, aus der er gekommen war.

Schwere Schritte drangen hinter ihm durch den Nebel. Beinahe hätte er laut aufgeschrien, er erhöhte das Tempo. Die dumpfen Schritte kamen immer näher. Er schaute genau in dem Moment zurück, als sich eine Feuerzunge aus der Revolvermündung löste. Ein Splitter von der Backsteinmauer neben ihm erwischte ihn an der Wange. Zwei weitere Schüsse folgten, sie klangen fast wie eine einzige Explosion.

Panische Angst ließ seine Beine fliegen. Er erreichte die Ecke zur Hauptstraße, bog rechts ab und raste den Bürgersteig hinunter, zwischen parkenden Autos hindurch und weiter den Asphalt entlang, versuchte, die stählernen Leiber der Autos zwischen sich und den Kugeln zu halten.

Dann folgten plötzlich keine weiteren Schüsse mehr.

Dennoch wartete jeder einzelne seiner Muskeln angespannt auf eine tödliche Kugel. Er erreichte die nächste Kreuzung und warf einen Blick zurück, während er um die Ecke stürmte. Die Straße war leer. Einen Block weiter stand eine Menschenmenge unter der Neonreklame vor der Tür des Panama Clubs, angelockt vom Lärm der Schüsse. Er empfand den starken Drang, in den Schutz der Menge zu schlüpfen, wusste aber gleichzeitig, dass es auch dort keine letzte Sicherheit gab. Der Tod konnte überall sein. Wieder hielt Stark sich links, rannte einen halben Block weiter und bog dann in eine Zufahrt ein. Der Kies knirschte laut und bedrohlich, schien ihn verraten zu wollen.

Die Zufahrt führte zu einem alten Holzhaus mit einer Reihe verschlossener Garagen und einem schmutzigen Hof. Der Hof wurde von einem hohen Bretterzaun umgrenzt. Stark erreichte ihn und fuhr herum. Das Herz hämmerte wie verrückt, seine Blicke zuckten von einer Seite zur anderen. Er saß in der Falle, hatte Angst, über den Zaun zu klettern und die dahinter liegende Gasse zu betreten, hatte Angst vor dem, was ihn dort erwarten könnte. Durch die Nebelschwaden sah er eine Reihe Mülltonnen neben dem hoch aufragenden Umriss eines Müllverbrennungsofens. Keuchend stolperte er hinüber, kauerte sich dahinter und beobachtete die Zufahrt. Die Straßenlaternen ließen die Einfahrt in einem helleren Grau leuchten.

All seine Sinne waren darauf ausgerichtet, Schritte zu hören, die Gestalt näher kommen zu sehen. Doch außer dem wabernden Nebel rührte sich nichts. Fetzen von Radiomusik trieben von irgendwo aus dem Mietshaus herunter, von Zeit zu Zeit das Rauschen eines vorbeifahrenden Autos – sonst herrschte Stille. Einmal kam ein Auto langsam die Gasse entlang, das Licht seiner Scheinwerfer fiel in großen Balken durch die Ritze des Zaunes. Stark kauerte sich tiefer hinter die Tonnen, fragte sich, ob der unsichtbare Fahrer wohl Dummy war.

Aus Minuten wurde eine halbe Stunde. Das Hämmern seines Herzens und die Panik ließen allmählich nach. Er hatte Angst, sein Versteck zu verlassen, klammerte sich an seine vorübergehend sichere Lage. Er setzte sich und streckte die Beine aus, entlastete die schmerzenden Muskeln. Sein Gesicht juckte, er kratzte sich und entdeckte einen Faden angetrockneten Blutes, der sich zu seinem Kinn zog. Es war eine Schnittwunde, die ihm der Steinsplitter beigebracht hatte. Er feuchtete mit der Zunge sein Taschentuch an, wischte das Blut weg, begann dann heftig zu zittern angesichts der Erkenntnis, wie nah er dem Tod gekommen war.

»Himmel, das war knapp«, brummte er leise. Der Klang seiner Stimme erschien ihm unwirklich. Er schüttelte den Kopf, begann nachzudenken …

Klein hatte ihn auf die Abschussliste gesetzt. So viel war sicher. Aber warum? Er versuchte dahinterzukommen, an welcher Stelle er einen Fehler begangen hatte, doch es gelang ihm nicht. Er hatte ihr ein gutes Geschäft vorgeschlagen. Warum also diese Reaktion? Nachdem er alles in Erwägung gezogen hatte, kam er zu dem Schluss, dass sie niemanden am Leben lassen wollte, der sie identifizieren könnte. Er dachte darüber nach, dass er in einer ähnlichen Zwangslage wahrscheinlich genauso entschieden hätte; besonders wenn es um einen kleinen Ganoven und Junkie ging, der plötzlich aus dem Nichts aufgetaucht war und zu viel wusste. Scheiße, es gab mehrere Dinge, die passiert sein konnten, und es war unmöglich zu sagen, was es tatsächlich war. Konnte Momo das mit ihm und Dorie herausgefunden haben? Oder seinen Deal mit Crowley?

Das Problem war jetzt, was als Nächstes zu tun war. Schnell ging er verschiedene Alternativen durch: Zu Klein gehen und versuchen, die Sache geradezubiegen. Einen anonymen Anruf bei der Polizei machen. Oder abhauen. Diese Gedanken kamen ihm kurz hintereinander und wurden praktisch genauso schnell wieder verworfen. Klein war zu gefährlich, und es war durchaus möglich, dass sie einen weiteren Killer auf ihn ansetzte. Zur Abwechslung kam auch die Polizei nicht in Frage; selbst bei einem anonymen Anruf würde mächtig herumgebohrt werden, und dabei konnten zu viele Dinge ans Tageslicht kommen. Er saß richtig in der Scheiße.

Das Einzige, was er tun konnte, war, zu verschwinden. In einer anderen Stadt, vielleicht sogar in einem anderen Bundesstaat würde Klein ihn nicht aufspüren können. Vielleicht würde die Polizei nach ihm fahnden, aber nicht sehr intensiv. Er konnte Dorie mitnehmen. Wohin? Nach San Francisco? Stoff war in der Bay Area doppelt so teuer wie in Los Angeles. Auf die richtigen Preise umgerechnet, hatte er Stoff im Wert von nahezu zwölfhundert Dollar plus die dreizehnhundert in bar in seiner Hosentasche. Das war ein ganz nettes Polster, und Stark kannte eine Puffmutter mit einem Bordell im Napa Valley, wo Dorie sicher sein würde. In vielen der kleineren Nester im nördlichen Teil des Staates gab es Pokerräume, in denen er abzocken könnte. Es gab Möglichkeiten. Aber nicht viele.

Einige andere Orte kamen ihm in den Kopf, aber alles in allem schien die erste Wahl die beste.

»Ja, es ist Zeit, einen Abgang zu machen«, sagte er sich. Morgen früh, bei Tageslicht, würde es ungefährlich sein, den Kombi zu holen. Die Gegend würde dann vor Menschen wimmeln. Was sollte er bis dahin tun? Wie viel Zeit hatte er denn?

Er steckte sich eine Zigarette an, achtete darauf, das Streichholz gut abzuschirmen, damit der helle Schein nicht zu sehen war, und ging seine Lage noch einmal von vorne durch. Was besondere Aufmerksamkeit verlangte, war die Polizei. Wenn die sich wirklich ins Zeug legten, würden sie ihn finden. Eine Möglichkeit, sich Crowley vom Hals zu schaffen, bestand darin, ihn anzurufen und ihm Klein auszuliefern. Den Boss der Mexikaner hatte er noch nicht getroffen, also konnte er ihm diesen Knochen nicht vorwerfen. Er brauchte eine Telefonzelle.

An der Ecke gab es einen rund um die Uhr geöffneten Tabakladen, dessen Licht ein unheimliches Glühen in den Nebel warf. Stark betrat schnell eine der Telefonzellen, steckte eine Fünf-Cent-Münze in den Schlitz und rief das Polizeirevier an. Er wurde sofort zu Crowley durchgestellt.

»Wo zum Teufel steckst du, du miese kleine Ratte?« war die Begrüßung.

»Das werde ich Ihnen gern sagen, wenn Sie mir Luft lassen, auch mal ein Wort dazwischenzuschieben. Jemand hat auf mich geschossen. Ich glaube nicht, dass es Dummy war. Wer weiß alles von uns?«

»Pass auf, es interessiert mich einen Furz, was mit dir passiert ist, nachdem du mir jetzt auch noch einen Mord aufgehalst hast.«

»Welchen Mord? Wer ist ermordet worden?«

»Willst du damit sagen, du hast deinen Kumpel nicht kaltgemacht, deinen Partner, diesen Momo?«

»Scheiße, sagen Sie mir da gerade, er ist tot?«

»Noch nichts davon gehört? He, du willst mich wohl verscheißern. Du hast mich für deine Zwecke benutzt. Zieh Momo ein paar Stunden aus dem Verkehr. Misch ihn auf. Jag ihm Angst ein – und das alles, damit du einen freien Nachmittag hast und seine Freundin vögeln kannst. Für was hältst du mich eigentlich, für einen miesen Zuhälter?«

»Wo wurde er ermordet? Und wann?«

»Ein paar Stunden nachdem ich ihn wieder laufen gelassen hatte, erhielt ich einen Anruf von so einer Braut. Sie sagte, ich solle einen Krankenwagen zu seiner Wohnung schicken. Als wir dort eintrafen, war er tot – und die Freundin war weg. Wenn du ihn nicht umgelegt hast, vielleicht war sie's dann.«

»Dorie ist kein Killer, glauben Sie mir. Ich kann mir nicht vorstellen, dass sie überhaupt weiß, wie man mit einer Kanone umgeht.«

»Tja, ich hab jedenfalls eine Fahndung nach euch beiden laufen. Lieber wärst du mir als Momos Mörder.

Könnte gut sein, dass du in die Gaskammer kommst, auch wenn du nur so einen widerlichen Typen wie diesen Momo kaltgemacht hast. Besser, wenn du dich freiwillig stellst.«

»Vielleicht können wir einen Deal machen. Möglicherweise war derjenige, der Momo ermordet hat, derselbe Typ, der vorhin auf mich geschossen hat. Ich habe Momo nicht umgebracht, glauben Sie mir. Und Dorie hat auch nicht auf mich geschossen. Geben Sie mir bis morgen früh Zeit, und ich liefere Ihnen die ganze Sache in einem ordentlichen Paket. Und als Zugabe bekommen Sie noch die Identität des großen Hintermanns.«

»Zu spät. Ich werde die Hunde nicht zurückpfeifen. Ich will dich in einer Zelle sehen. Und zwar heute Nacht noch.«

Es klickte, das Gespräch war zu Ende.

18

Es gab nur einen Ort, an dem Dorie sein konnte. Sie musste zu seiner Wohnung zurückgegangen sein. Hatte Momo sie zu sehr bedrängt? Hatte sie ihn umgebracht? Oder war es Dummy gewesen? Wie war sie davongekommen? Besser, er rief sie an, um sie zu warnen, dass sie den Kopf unten halten sollte.

Er hatte die Telefonzelle noch nicht verlassen, kramte in seinen Taschen nach einer weiteren Münze und wählte dann seine Nummer. Das Telefon klingelte und klingelte. Niemand ging ran. Dann schließlich eine zögernde Stimme, ihre, ganz leise: »Hallo?«

»Mit dir alles okay?«

Schweigen. »Ja.«

»Hast du die Cops angerufen? Weißt du, wer Momo umgebracht hat?«

»Nein, es ist passiert, als ich im Bad war und gedrückt habe. Momo war ein paar Minuten vorher nach Hause gekommen. Er war ziemlich aufgeregt. Er sagte, die Cops hätten ihn zum Verhör mitgenommen, aber komischerweise hätten sie ihn gar nicht gefilzt, obwohl er reichlich was dabeihatte. Er verstand nicht, was da los war, glaubte aber, dass du irgendwas damit zu tun hättest. Er flippte total aus und machte mir Angst. Ich musste mir unbedingt einen Schuss setzen. Gerade als ich auf dem Klo wegdöste, hörte ich zwei Schüsse. Ich hatte die Badezimmertür abgeschlossen. Als ich rauskam, lag Momo in einer Blutlache da. Er war tot. Ich dachte, vielleicht warst du das. Momo hätte niemandem die Tür aufgemacht, nur dir und Dummy.«

»Hör zu, Babe. Ich bin ein mieser kleiner Gauner, ein Betrüger und Junkie. In meinem ganzen Leben hab ich aber noch keine Waffe abgefeuert.«

»Aber du hast eine Kanone! Ich habe sie doch gesehen, in der Nacht, als ich zu dir gekommen bin.«

»Die ist nur zum Schutz da. Wenn Junkies wissen, dass du Stoff bei dir hast, bist du ein bevorzugtes Ziel. Aber ich bin kein Revolverheld.«

»Dann solltest du besser lernen, deine Knarre zu benutzen – und zwar schnell. Wer immer Momo umgelegt hat, wird es als Nächstes auf dich abgesehen haben.«

»Ich bin mir der Gefahr sehr bewusst. Deshalb rufe ich ja auch an. Zeit, dass wir aus der Stadt verschwinden. Gib mir eine Stunde. Ich komme mit meinem Wagen vorbei. Ich werde zweimal hupen. Komm dann schnell runter. Lass alles da bis auf meinen Stoff, das Besteck und etwas von der Kohle, die ich gebunkert habe. Das alles findest du unter der Spüle. Es liegt auf einem kleinen Regalbrett, das darunter befestigt ist. Und vergiss nicht, ich werde zweimal hupen. Wenn du dann nicht in zwei Minuten unten bist, musst du sehen, wie du allein klarkommst.«

»Danke.« Sie legte auf.

Nachdem er seine Entscheidung getroffen hatte, war er ganz ruhig. Die Anspannung der letzten paar Tage war fort; alles war vorbei. Das Spiel war verloren, aber es würde andere geben. Durch Misserfolge hatte er alles gelernt, was er wusste. Tatsächlich hatte er so wenig Bedenken, dass er sich wunderte, warum er nicht noch mehr erleichtert war. Er seufzte und schüttelte den Kopf. Er befand sich immer noch in Lebensgefahr, aber es war ihm auch früher schon gelungen zu verschwinden. Er fragte sich, wo Dummy steckte. Er und der Killer liefen immer noch frei herum. Sein Kombi war gut versteckt. Konnte aber trotzdem riskant sein, ihn zu holen. Beinahe musste er laut lachen bei dem Gedanken, dass sowohl die Guten als auch die Bösen ihn am liebsten tot sehen würden. Er fand ein Versteck in der Nähe seines Wagens. Er würde ihn eine Weile beobachten, um zu sehen, ob der Killer in der Nähe war.

Könnte mir eigentlich auch einen Schuss setzen, während ich warte, dachte er und kramte eines der Päckchen aus seiner Tasche. Vorsichtig öffnete er die Aluminiumfolie, strich sie glatt. Er befeuchtete eine Fingerspitze, tippte sie kurz in das weiße Pulver und hob sie dann an seine Nase. Er zog tief und heftig ein und wiederholte das Ganze dann. Der Kick kam langsamer als mit der Nadel und nicht so stark, aber seinen Zweck erfüllte es allemal. Ein Glühen begann sich in ihm auszubreiten. Fünf Minuten später war die harte, feuchte Erde so bequem wie eine flaumweiche Matratze. Es war unheimlich, wie schnell er auf die dunkle Gestalt reagiert hatte, als das Auto die Fehlzündungen hatte. Er wusste eben, was ein Schuss war, wenn er einen hörte.

Dummy war vergessen, als die Euphorie ihn überschwemmte. Unbehagen, Nebel, Tod – nichts konnte ihn berühren. Er hätte ohne zu zittern die Gaskammer betreten können; es fühlte sich alles irgendwie unwirklich an, und dieses Gefühl überzog seine Angst wie Zucker. Kaum zu glauben, dass er vor gerade mal einer Stunde noch von einer solch panischen Angst ergriffen gewesen war, dass sein Verstand sich geweigert hatte zu arbeiten.

Nach einer Weile riss er sich zusammen und raffte sich auf. Die Leuchtzeiger seiner Armbanduhr zeigten fünf Uhr. Es wurde langsam hell – Zeit, Dorie abzuholen.

Vorsichtig und doch ohne Angst kletterte er auf eine der metallenen Mülltonnen und riskierte einen Blick über den Zaun. Die Gasse war menschenleer. Das Holz knarrte protestierend, als er sich über den Zaun schwang. Er landete in der Hocke und rührte sich nicht, Augen offen und Ohren gespitzt, um jedes Geräusch und jede Bewegung sofort wahrzunehmen. Aber da war nur das entfernte Dröhnen eines Autos auf einer anderen Straße, irgendwo im Nebel.

Seine Schritte waren schnell und lautlos. An der ersten Kreuzung wartete er eine Zeit lang im Schatten. Dann überquerte er blitzschnell das offene Gelände und verschwand wieder in der Schwärze einer Gasse. Vor ihm war durch den Nebel das Aufblitzen von Lichtern auf der Hauptstraße zu sehen. Wie ein Pferd, das eine Wasserstelle oder seinen Stall wittert, beschleunigte er seinen Schritt. Wenige Augenblicke später saß er in seinem Wagen und war auf dem Weg zum Apartment.

Im Nebel wirkten die Scheinwerfer entgegenkommender Fahrzeuge auf dem Highway gelb und stumpf.

Die schäumende Brandung am angrenzenden Strand war nicht mehr als ein Geräusch aus dem grauen Dunst. Er fuhr langsam, befand sich immer noch auf der rosaroten Glückswolke. Es war eigentlich nicht der richtige Augenblick, um sich wegzudröhnen. Er war zu verwundbar. Es war dumm. Er schwor sich, mit dem Stoff Schluss zu machen. Morgen.

Schließlich hielt er auf der Straße gegenüber von seinem Wohnblock an. Er dachte an Dorie, die auf ihn wartete, wahrscheinlich schon halb krank, so dringend brauchte sie ihn. Vermutlich hatte sie sich einen Schuss gesetzt, sobald er ihr gesagt hatte, wo er seinen Vorrat versteckte. Kein besonders kluger Zug. Er hupte zweimal und wartete.

Fünf Minuten verstrichen.

Er hupte wieder zweimal.

Keine Dorie.

Er stieg aus dem Wagen und schaute zu den Fenstern seiner Wohnung auf. Sie stand dort. Machte ihm Zeichen, dass er hochkommen sollte. Was zum Teufel … Warum machte sie nicht einfach das Fenster auf? Warum kam sie nicht runter? Er beschloss, sie zu holen. Ohne sie wollte er nicht gehen. Nachdem er sich vergewissert hatte, dass weder Dummy noch die Cops in der Nähe waren, lief er über die Straße.

An der Holztreppe verharrte er, als plötzlich etwas an seinem Bewusstsein bohrte. Er registrierte, dass seine Wohnung dunkel war. Was sollte das? Signalisierte Dorie ihm, dass er abhauen sollte? War Dummy da oben und erwartete ihn? Wie hatte er sein Apartment gefunden?

Das gleiche Gefühl von Gefahr, das er gespürt hatte, als das Auto in der Nähe des Panama Club Fehlzündungen hatte, überkam ihn jetzt wieder. Ihm drehte sich der Magen um.

Die Gedanken entwickelten sich jetzt mit einer krassen Klarheit. Sein erster Impuls war, einfach kehrtzumachen und abzuhauen, aber er kroch dennoch die Stufen hinauf. Er war ziemlich sicher, dass Dorie nicht allein war. Dummy oder der andere Killer musste den Befehl haben, sowohl ihn als auch Momo umzulegen. Falls dem so war, würde er Dorie als mögliche Zeugin nicht am Leben lassen, auch wenn sie von Klein überhaupt nichts wusste.

Er würde niemanden überraschen können, der schon auf ihn wartete. Er zog die 25er Automatik heraus und entsicherte sie. Dann schaltete er das Licht im Korridor aus und wartete. Wenn jemand Dorie festhielt, würde er eine Kanone in der Hand haben und darauf warten, dass er die Tür aufmachte, um dann sofort loszufeuern.

Stark schob sich an der Tür vorbei, ging auf die Knie hinunter, streckte die Hand mit dem Schlüssel aus, um aufzuschließen. Er blieb unten, als er den Türknauf drehte, gab der Tür dann einen sanften Stoß mit seiner Waffe.

»Pass auf! Er hat eine Kanone, und er steht direkt hinter der Tür«, brüllte Dorie aus der Dunkelheit.

Gleichzeitig krachten zwei Schüsse aus dem Inneren des Raumes. Kugeln zersplitterten die Tür und schlugen in die Korridorwand hinter ihm ein. Stark erwiderte das Feuer, hörte ein schmerzerfülltes Wimmern, dann einen dumpfen Schlag. Ein Körper blockierte die Tür, die sich jetzt nicht weiter öffnen ließ. Der Korridor war voller Rauch.

»Dorie, mit dir alles okay?«

Keine Antwort. Er musste es drauf ankommen lassen und die Tür ganz aufdrücken. »Dorie, bist du okay?«

»Ja, aber Dummy sieht ziemlich tot aus.«

Er schob die Tür auf, Dummys Körper lag dahinter.

»Hilf mir, ihn zu bewegen. Wir müssen einen Abgang machen, bevor die Bullen hier einlaufen. Sie werden schnell kommen, und zwar zahlreich.«

Er drehte Dummys Leichnam um. Beide Schüsse hatten getroffen. Klein würde sich einen anderen Laufburschen suchen müssen.

Dorie knipste das Licht an. Sie sah ziemlich mitgenommen aus.

»Was machst du? Lass uns von hier verschwinden. Bei meinem Vorstrafenregister werden mich die Cops in die Gaskammer stecken. Wir haben nicht viel Zeit …«

Er und Dorie stürmten die Treppe hinunter zu seinem Wagen.

»Wohin sollen wir jetzt, Stark?«

»Hat Dummy dir wehgetan?«

»Nein. Aber er muss mir von Momos Wohnung aus gefolgt sein in der Hoffnung, dass ich ihn zu dir führe. Als er anklopfte, dachte ich, dass du es bist. Du hast mir gesagt, dass du in einer Stunde hier wärst.«

»Nun, ich musste kurz von der Bildfläche verschwinden. Aber wenn Dummy dir hierher gefolgt ist, wer hat dann vor dem Club auf mich geschossen? Hat Klein mehr als nur einen Killer?«

»Wer ist Klein?«

»Klein ist der große Fisch. Momos Connection. Und eine Frau. Kannst du dir das vorstellen – eine Geschäftsfrau mittleren Alters? Hast du dran gedacht, meinen Stoff und das Geld mitzunehmen?«

Als er den Schlüssel ins Zündschloss steckte, wurden plötzlich die beiden hinteren Türen des Autos aufgerissen. Zwei dunkelhäutige Mexikaner rutschten hinter ihnen in den Wagen, jeder eine 45er in der Hand.

»Was zum Teufel wollt ihr? Beschäftigen die Cops etwa schon Mexikaner?«

»Wir sind keine Cops, Señor. Jefe sagt, wir sollen dich holen, tot oder lebendig. Er will mit dir reden. Du bist ein echter Glückskeks, hombre. Zuerst warst du ihm scheißegal. Aber er hat sich's anders überlegt.«

»Dann hast du also auf mich geschossen?«

»Nein, das war mein Freund hier. Kannst froh sein, dass er so schlecht schießt.«

Stark erkannte jetzt, dass es genau derselbe Mexikaner war, den er bereits kennengelernt und dem er Proben des erstklassigen Heroins gegeben hatte.

»Du bist ein guter Geschäftsmann. Jefe mag keine Konkurrenz. Er beseitigt sie. Dein Freund hat uns gesagt, wir sollten dich in deinem Club suchen – bevor er gestorben ist.«

»Du willst damit sagen, Alfie ist tot?«

»Si, Señor. Ein toter Gringo. Aber du schießt auch gut. Und jetzt fahr! Vamos!«

Stark fuhr an. Das mit San Francisco würde wohl nichts werden.

»Wie habt ihr mich gefunden?«

»Ich hab mich an dein großes Auto erinnert. Ich wusste, du kommst es abholen. Als ich den Chef anrufe, sagt er, ich soll dich nicht umlegen. Er will deinen Boss kennenlernen. Und so sind wir deinem Auto gefolgt. Vielleicht bleibst du ja doch am Leben.«

»Wohin fahren wir?«

»Wir machen einen kleinen Ausflug nach Mexiko. Du wirst es mögen, Señor!«

Stark wurde plötzlich bewusst, dass sie ihn gar nicht gefilzt hatten. Er hatte seine Pistole noch. Es waren nur noch drei Kugeln drin. Nicht gerade viel gegen zwei 45er. Er hatte kein Problem damit, Klein preiszugeben, wenn er dadurch seinen und Dories Hals retten konnte. Zwei Menschen waren bereits tot. Er fragte sich, wer wohl Dummys Wagen bekommen würde. Wahrscheinlich war er hier irgendwo in der Gegend geparkt.

Als sie losfuhren, hoffte Stark, dass irgendwer in seinem Wohnblock die Schüsse gehört, aus dem Fenster geschaut und gesehen hatte, wie die zwei Schlägertypen sich gewaltsam Zugang zu seinem Auto verschafft hatten. Vielleicht würde Crowley dann denken, diese Kerle hätten Dummy umgelegt und ihn und das Mädchen entführt.

»Warum grinst du so?« fragte Dorie. »Was ist so witzig? Werde ich noch einen dritten Mord erleben? Bin ich die Vierte? In was hast du mich da hineingezogen, Mr. Big Business? Warum lande ich bloß immer bei Verlierern? Und du bist der größter Loser, dem ich je begegnet bin. Beim nächsten Mal suche ich mir einen soliden Spießer. Falls ich noch eine weitere Chance bekomme.«

»Hör auf zu reden, por favor. Nach Süden fahren«, kommandierte eine Stimme aus dem Fond.

Der Nebel hatte sich mit fortschreitender Nacht nicht gehoben. Die Suppe war allenfalls noch dicker geworden. Die entgegenkommenden Scheinwerfer der in nördlicher Richtung fahrenden Autos waren wie schnelle Schiffe, die undeutlich aus der Finsternis auftauchten und an ihnen vorbeirauschten.

Es würde eine lange Nacht werden. Ihre einzige Chance bestand womöglich in einer Straßensperre, aber bei diesem Nebel konnte sich sogar ein Schlachtschiff unerkannt an den Cops vorbeischmuggeln.

19

Zwei zähe, qualvolle Stunden später waren sie immer noch auf der Straße.

»Wir müssen anhalten und tanken«, verkündete Stark.

»Okay. Aber keine Geschichten, oder du bist tot.«

Sie bogen auf eine hell erleuchtete Tankstelle ein, die wie ein Leuchtfeuer im dunklen Nebel lag. Ein Junge mit einem breiten Lächeln auf dem Gesicht kam heraus. Wahrscheinlich musste er die Kunden so anstrahlen, das gehörte zu seinem Job. Niemand konnte glücklich sein in einer solchen Nacht. Er sagte dem Jungen, er solle volltanken. Stark brauchte dringend einen Schuss.

»Ich muss mal auf die Toilette.«

»Ich auch«, sagte Dorie.

Sie wusste, was er wirklich wollte.

»Mein compadre kommt mit dir. Macht keinen Quatsch.«

»Ich wünschte, er würde mal eine andere Platte auflegen«, sagte Dorie ungerührt.

Sie erreichten die Toiletten, ihr Bodyguard blieb ihnen hart auf den Fersen, die Kanone locker an seiner Seite, sodass der Tankwart sie nicht sehen konnte. Als Dorie versuchte, die Tür zur Damentoilette aufzumachen, sagte sie: »Abgeschlossen.«

»Okay«, sagte Stark, »komm mit.« Er öffnete die Herrentoilette, und Dorie schlüpfte hinein, bevor jemand sie daran hindern konnte.

»Ich weiß, dass du dir einen Schuss setzen willst. Ich brauch auch einen«, sagte sie.

»Ich hab kein Besteck dabei. Wir müssen uns diesen einen Hit einfach teilen.« Er öffnete das Päckchen, und nachdem er ihn angeleckt hatte, steckte er seinen kleinen Finger in das weiße Pulver und fing an, sich damit das Zahnfleisch einzureiben. Er reichte ihr das Päckchen weiter. Unterdessen klopfte es laut an die Tür.

»Schnell, hast du einen Lippenstift bei dir?«

»Warum? Wechselst du aufs andere Ufer?« fragte sie mit einem trockenen Lächeln.

»Sehr witzig, du Komikerin. Ich will auf dem Spiegel eine Nachricht hinterlassen.«

Das Hämmern wurde lauter.

Er kritzelte eine Nachricht hin. »Rufen Sie Lt. Crowley an! 276-9000. Wir werden nach Mexiko entführt. Stark.«

Die Tür gab nach, und Dorie wurde als Erste rausgezogen. Stark bekam eine Knarre brutal in die Seite gestoßen.

»Vamos!«

»Das macht dann sechs Dollar fünfundzwanzig«, sagte der Junge. »Soll ich noch das Öl nachsehen. Das ist die letzte Tankstelle vor San Diego, die noch geöffnet hat.«

»Nein. Alles bestens. Hier ist die Kohle. Das Wechselgeld kannst du behalten«, sagte Stark.

Sie fuhren wieder los, zurück in den Nebel, der nicht mehr ganz so dicht war. Bis Tagesanbruch waren es immer noch einige Stunden. Als Stark in den Wagen gestiegen war, hatte er die Kanone aus seiner Tasche gleiten lassen. Sie lag jetzt neben ihm auf dem Sitz. Er hatte keine Ahnung, ob er die Gelegenheit bekommen würde, sie zu benutzen. Der Schuss hatte ihm gutgetan; er war hellwach, bereit zum Handeln.

Sie kamen an San Diego vorbei. Dorie war eingeschlafen, genau wie der stumme Schlägertyp im Fond. Stark versuchte, den Innenspiegel so zu verstellen, dass er sehen konnte, ob der Kerl direkt hinter ihm wach war.

»Warum machst du das? Bring den Spiegel in Ordnung. Fahr weiter. Ich bin direkt hinter dir. Eine Bewegung und du bist tot.«

Super, dachte Stark. Ein Kerl, der immer nur an eine Sache denken kann. Wenn es doch nur eine Möglichkeit gäbe, sich blitzschnell umzudrehen und ihn auszuknipsen, solange der andere pennt. Ziemlich schwierig. Er war kein Killer. Es waren absolute Glückstreffer gewesen, mit denen er Dummy durch die Tür erwischt hatte.

Es wurde heller, die Sonne würde jeden Augenblick aufgehen. Sie passierten ohne einen zweiten Blick der Beamten die Grenze. Es war ihnen gleichgültig, was man nach Mexiko einführte – selbst wenn es zwei Gringo-Geiseln waren.

Als sie nach Tijuana kamen, schlief die Stadt noch tief und fest. Die grellen Neonreklamen waren erloschen. Die staubigen Straßen waren den streunenden Hunden und ein paar Betrunkenen überlassen, die ihren Rausch in Hauseingängen ausschliefen.

»An der Ampel links abbiegen. Langsam fahren. Ich sage, wenn wir anhalten.«

Vor einer geöffneten *cantina* hielten sie an. An einem Tisch im hinteren Teil erhob sich ein großer, hellhäutiger Mexikaner. Er trug einen zerknitterten weißen Anzug, weiße Schuhe, ein offenes weißes Hemd. Er war gut aussehend, hatte beinahe schwarzes Haar, glatt zurückgekämmt. Mit großen Schritten kam er zum Wagen und hielt Stark seine ausgestreckte Hand hin.

»Willkommen in meinem Land, Mr. Stark. Ich freue mich sehr, dass Sie uns besuchen«, sagte er lächelnd, wobei seine weißen Zähne blitzten. Seine Augen jedoch waren eiskalt. Er war einer von der Sorte, die mit einem Lächeln auf den Lippen ein paar Kugeln in dich jagen würden.

»Sie sprechen sehr gut Englisch«, sagte Stark. »Sind Sie Amerikaner? Chicano?«

»Ja, Mr. Stark. Die Army hat mir zwei Jahre auf dem College ermöglicht, weil ich in Korea für Ihr Land gekämpft habe.«

Während Stark sich langsam aus dem Wagen erhob, die ausgestreckte Hand immer noch ignorierend, stiegen die beiden Schlägertypen ebenfalls aus, die Kanonen in Händen. Zum Glück war seine eigene unter den Sitz gerutscht.

»Ich bin nicht direkt das, was man einen freiwilligen Gast nennen könnte, Mr. …?«

»Nennen Sie mich Pablo. Unter diesem Namen erledige ich meine Geschäfte.« Er lächelte immer noch. »Kommen Sie rein. Raus aus der Sonne. Ich habe Ihnen ein Geschäft vorzuschlagen.« Den beiden Muskelbergen sagte er, sie sollten draußen warten.

»Und wer ist die reizende Señorita?«

»Dorie. Das ist übrigens auch mein Künstlername, wenn wir schon so zwanglos miteinander plaudern.«

Sie folgten ihm in die *cantina*. Auf eine Handbewegung hin brachte jemand Kaffee für sie. Er war stark und bitter, machte sie aber hellwach.

»Mr. Stark, ich hoffe, wir kommen ins Geschäft. Falls nicht, wird keiner von Ihnen Mexiko lebendig verlassen. Sie haben die Wahl.«

»Tolle Wahl!«

»Ich habe etwas von dem Heroin probiert, das Sie einem meiner Dealer als Gratisprobe gegeben haben. Sie glauben, ich brauche einen neuen Lieferanten? Dieser Stoff ist doppelt so stark wie mein Produkt. Und das zum halben Preis. Entweder ist dieser Stoff gestohlene Ware, die noch nicht verschnitten wurde, oder Ihr Boss importiert ihn aus einem Land wie beispielsweise Kambodscha. Ich würde mich gerne mit Ihrem Boss treffen. Entschuldigen Sie mich bitte einen Augenblick.«

Pablo stand auf und unterhielt sich im Flüsterton kurz mit einer der Wachen. Als er zum Tisch zurückkehrte, lächelte er wieder. »Mein Kollege berichtet mir gerade, dass Sie in Ihrer Wohnung in eine Schießerei verwickelt waren. Ich bin neugierig. Haben Sie geschossen oder die junge Dame hier? Wer wurde getötet? Vielleicht können Sie ja ohnehin nicht nach Santa Ana zurück. Weder tot noch lebend.«

Stark dachte nach. Er schuldete Klein nichts. Sie hatte

Momo von Dummy umbringen lassen, und sie hätte ihn ebenfalls getötet. Es war zu blöd, dass er Dummy umlegen musste. Gewalt war nicht sein Ding, aber hier war er nun, steckte bis zum Hals drin.

»Vielleicht kommen mein Chef und Sie miteinander ins Geschäft«, antwortete Stark, er wollte es vermeiden, über Dummys Tod zu reden. »Er hat die Ware, Sie haben das Vertriebsnetz. Solange keiner von Ihnen in direkte Konkurrenz mit dem anderen tritt, gibt es keinerlei Veranlassung für weitere Tote. Das sind keine guten Geschäftspraktiken. Sie scheinen mir ein pragmatischer Geschäftsmann zu sein, Pablo.«

»Sprechen Sie nicht so herablassend mit mir. Ich bin kein Idiot«, erwiderte Pablo gereizt. »Ich bin erheblich smarter als du, Junkie. Ich entscheide, ob wir uns zusammentun oder nicht – und zwar endgültig. Wo ist dein Boss?«

»Er leitet ein Reisebüro in La Jolla.« Stark hielt Kleins Identität noch geheim. Das war die einzige Möglichkeit, am Leben zu bleiben. »Ich bringe Sie zu ihm. Er wird nicht über Geschäfte reden, wenn ich nicht dabei bin.«

»Du hast mir noch nicht geantwortet. Wer wurde in deiner Wohnung getötet?«

»Das war ein Überfall. Ein Junkie hat mir aufgelauert, um mich auszurauben. Dorie hat mir geholfen, ihn auszuschalten«, log er.

»Stell dich hin«, befahl Pablo. Er klopfte Stark ab. Keine Waffe. »Womit hast du ihn umgelegt? Wo ist deine Kanone?«

»Keine Ahnung. Muss ich in der Eile verloren haben.

Wir sind ziemlich schnell abgehauen. Also, wollen Sie jetzt meinen Boss kennenlernen oder nicht?«

»Ja, aber deine Freundin bleibt hier. Ich will nicht, dass du auf irgendwelche komischen Ideen kommst. Wir nehmen deinen Wagen.«

Pablo signalisierte seinen Männern, dass er allein mit Stark nach La Jolla fahren würde. Ganz offensichtlich traute er seinen eigenen Leuten nicht. Es wurden ein paar Worte auf Spanisch gewechselt. Stark verstand nichts – bis Pablo eine 45er entgegennahm.

»Stark, willst du mich etwa bei diesen Tieren hier zurücklassen? Lieber würde ich mich erschießen als von denen vögeln lassen.«

Stark fragte Pablo nach einer Frau, bei der Dorie bis zu ihrer Rückkehr bleiben könnte. Pablo brüllte auf Spanisch irgendwas in das hintere Zimmer der *cantina*, und eine fette Mexikanerin mittleren Alters kam heraus, wischte sich die Hände ab. Offensichtlich die Frau des *patrón*.

Dorie sprang in Starks ausgestreckte Arme. Sie flüsterte in sein Ohr: »Komm wieder zurück. Sei vorsichtig mit diesem Kerl«, und dann lauter zu Pablo: »passen Sie gut auf meinen Freund auf. Ich hab mich richtig an ihn gewöhnt.«

Die beiden Männer gingen zu Starks Auto hinaus. Stark saß wieder auf der Fahrerseite.

»Ich brauch irgendwas für meine Brennstoffzellen. Ich fahr jetzt schon die ganze Nacht. Einer Ihrer Schlägertypen hat auf mich geschossen, und dann musste ich auch noch einen Dieb umlegen. Es war ein verdammt langer Tag und eine noch längere Nacht.«

»Bei mir gibt's keinen Schuss, Junkie. Ich brauch dich wach und frisch, bis wir bei deinem Boss sind. Dann wirst du lange schlafen können. Hier hast du zwei Dexies, das verlängert die Lebensdauer deiner Batterien.«

Stark schluckte die Pillen, aber die Bemerkung mit dem langen Schlaf gefiel ihm ganz und gar nicht. Er startete den Wagen und fuhr langsam die staubige Straße hinunter, auf der es jetzt von Menschen wimmelte, als sie zurück Richtung Grenze fuhren.

Sobald sie sich dem Übergang näherten, hoffte er, dass die Grenzbullen sie anhalten würden.

»Wenn du den Typen irgendein Zeichen gibst«, sagte Pablo, »seid ihr beide tot, deine Freundin und du. Mach keinen Scheiß.« Die Kanone bohrte sich in seine Seite. Damit war auch das geklärt.

»Würden Sie bitte den Kofferraum öffnen«, sagte der Grenzbeamte höflich, nachdem er kurz in den Wageninnenraum geschaut hatte. Ein paar Minuten später waren sie wieder in den Vereinigten Staaten und auf dem nach Norden führenden Highway.

»Ich glaube, ich sollte meinen Boss anrufen, um ihn wissen zu lassen, dass wir auf dem Weg sind. Ich werde ihm sagen, dass Sie eine weitere Probe seiner Ware haben möchten, um sich noch mal von der Qualität zu überzeugen, und dass Sie aber eigentlich kommen, um einen neuen Deal auszuhandeln, der für alle Beteiligten viel Geld abwirft.«

»Was springt eigentlich für Sie dabei heraus, Mr. Stark? Wie passen Sie da rein? Soweit ich das sehe, sind Sie doch wohl eher Endverbraucher der Ware, nicht Verkäufer. Warum vertraut Ihr Boss Ihnen? Ich würd's nicht tun.«

»Ich bin nicht wirklich abhängig. Ich setze mir nur gelegentlich mal einen Schuss. Die Bestie aus dem Osten ist nicht so richtig mein Ding. Meine erste Wahl ist Gras.«

»Willst du mir damit sagen, dein Stoff kommt aus dem Osten?«

»Nee, das ist nur so ein Ausdruck, den wir benutzen. Was ist mit dem Anruf?«

»Okay. Aber ich stehe neben dir in der Zelle. Ein falsches Wort und …«

»Okay, okay, ich hab schon verstanden.«

Stark hielt die Augen nach einer Telefonzelle am Straßenrand offen. Und nach den Cops. Vielleicht hatte der Typ von der Tankstelle den Lippenstift auf dem Spiegel gesehen und Crowley angerufen. Wunder passieren. Andauernd und immer wieder, zumindest im Kino.

Neben einer Tankstelle erspähte er schließlich eine Telefonzelle. Vielleicht könnte er auf der Toilette eine weitere Nachricht hinterlassen. Lieber nicht, nein. Dieser Typ war kein Dummkopf.

In der Telefonzelle war es mit ihnen beiden ziemlich eng, und sehr schnell wurde es heiß und stickig. Nachdem er die zusätzlich erforderlichen Münzen für ein Ferngespräch eingeworfen hatte, wurde er mit dem Reisebüro in La Jolla verbunden.

»Ich möchte mit Klein sprechen, Burdman am Apparat.«

Einige Zeit später kam Klein zögernd an den Apparat. »Hallo?« sagte sie vorsichtig. »Wer spricht da?«

»Klein, Stark hier. Ich bin auf dem Weg zu Ihrem Büro. Müsste so etwa in einer Stunde da sein. Ich bringe jemanden mit, der Sie reich machen wird. Ich habe ihm einige Kostproben unserer Ware gegeben. Er denkt darüber nach, auf unsere Marke umzusteigen. Er kann große Mengen absetzen.«

Pause.

»Haben Sie von Dummy gehört?« fragte Klein.

»Ja, er hat sich um Momo gekümmert, mich aber verpasst. Er hatte einen üblen Unfall, wird wohl heute kaum noch vorbeischauen können.« Er lachte leise. Am anderen Ende der Leitung Stille. »Jetzt haben Sie nur noch mich und meinen neuen Partner.«

»Ich sagte doch bereits, dass ich darüber nachdenken wollte. Ich bin noch nicht so weit, groß ins Geschäft einzusteigen.«

»Ich glaube nicht, dass Sie wirklich eine Wahl haben. Entweder wir oder die Bullen.«

»Seien Sie um zwei Uhr hier. Samstags schließt das Reisebüro um eins. Ich werde auf Sie beide warten.«

Dann war die Leitung tot.

»Stark, dein Mr. Klein klingt nach einer Frau. Riecht nach 'ner Ratte.«

»Nein, nein. Alles völlig in Ordnung. Sie ist 'ne Braut. Aber keine von der üblen Sorte, glauben Sie mir. Sie will, dass wir um zwei aufkreuzen, wenn es keine Zeugen mehr gibt. Es arbeiten ein paar Kids für sie. Das Reisebüro ist keine Fassade. Eine tolle Tarnung. Checken die Cops nie!«

Als sie wieder in den Wagen stiegen, beugte Stark sich

schnell vor, als würde er den Schlüssel ins Zündschloss stecken, griff unter den Sitz nach seiner Kanone und ließ sie in seine linke Hosentasche gleiten, als sie weiterfuhren. Pablo behielt die Straße nach entgegenkommenden Autos im Auge.

Die restliche Strecke legten sie schweigend zurück. Stark dachte darüber nach, wie er sich aus dieser Falle ziehen und Dorie unten in Mexiko befreien könnte. Ihm fiel nichts ein. Er versuchte, mehr aus Pablo herauszubekommen, aber der Kerl wollte nicht reden. Wann immer er versuchte, eine Unterhaltung anzufangen, wurde ihm gesagt, er solle die Klappe halten. Er schaltete das Radio ein, hoffte, einen Sender mit Jazz reinzubekommen. Stattdessen erwischte er die Nachrichten. Plötzlich hörte er seinen Namen. Im Zusammenhang mit dem Mord an zwei Männern, die beide verdächtigt wurden, mit Rauschgift gehandelt zu haben, suchte die Polizei einen gewissen Ernie Stark. Es folgte eine detaillierte Beschreibung.

Die Fahndung nach ihm musste immer noch laufen. Wahrscheinlich suchten die Cops seinen Kombi. Auch Pablo hatte den Bericht gehört.

»Stark? Das bist du. Zwei Morde? Du scheinst ja ein ziemlich harter Brocken zu sein. Heißer als ein Knallfrosch. Wenn sie dich suchen, dann auch dieses Auto. An der nächsten Bushaltestelle fährst du rechts ran. Wir lassen die Karre stehen und nehmen einen Bus nach La Jolla. Nach dem Treffen bist du auf dich allein gestellt. Du bist mir zu heiß. Ziehst die Bullen an wie Zuckerrohr die Fliegen.«

Ein paar Straßen hinter der Bushaltestelle ließen sie den Wagen stehen. Sie warteten eine Stunde auf den nächsten Bus. Der war überfüllt mit Menschen, die sich kein Auto leisten konnten. Die meisten davon Mexikaner. Im Bus stank es. Pablos hübscher weißer Anzug wurde schmutzig, wie Stark mit einem Lächeln bemerkte.

Es war bereits nach drei, als sie nach vielen Stopps endlich La Jolla erreichten, beide völlig durchgeschwitzt und schmutzig. Zwei tolle Geschäftsleute, dachte Stark. Das Licht im Reisebüro war aus. Auf dem Schild an der Tür stand »Geschlossen«. Stark klopfte laut an, hoffte, dass Klein es in ihrem Hinterzimmer hörte. Schließlich kam sie zur Glastür. Sie sah nicht glücklich aus.

»Sie sind spät dran. Wo ist Ihr Wagen?«

»Den mussten wir stehen lassen.«

»Ich habe in den Nachrichten gehört, dass Dummy und Momo tot sind. Ist das Ihr Werk oder seines?« fragte sie und zeigte auf Pablo.

»Er war's nicht. Lassen Sie uns rein, damit wir uns ungestört unterhalten können. Das hier ist Mr. Pablo, mein Partner.«

Pablo verzog keine Miene. Als sie zu dem Raum im hinteren Teil des Reisebüros gingen, fragte er: »Wo ist Mr. Klein? Stark hat immer nur von dem Boss gesprochen.«

»Es gibt keinen Mr. Klein. Das weiß Stark auch. Ich bin der Boss.«

In ihrem Büro setzte Klein sich hinter ihren Schreibtisch und deutete auf die beiden Stühle davor. »Nun, Mr. Pablo, was haben Sie mir vorzuschlagen?«

»Zunächst muss ich wissen, woher Ihr Stoff kommt.«

»Das werde ich Ihnen nicht sagen. Zu meinem Schutz.«

Pablo zog seine 45er und richtete sie auf sie. »Lady, Sie haben keinen Schutz. Wenn Sie leben wollen, werden Sie alle meine Fragen beantworten.«

»Er kommt aus Thailand. Es gibt dort eine Filiale meines Reisebüros. Ich erhalte bei Bedarf per Kurier ein Paket. Auf dem Paket steht ›Touristeninformation‹«, sagte Klein zögerlich mit Blick auf die Waffe.

»Lassen Sie mich noch eine Probe nehmen. Woher weiß ich, dass der Stoff, den ich von Stark erhalten habe, nicht eine Spezialmischung gewesen ist, mit der ich nur gelockt werden sollte?«

»Ich kann Ihnen versichern, dass meine Ware ausnahmslos von hoher Qualität ist und niemals unter Marktwert verkauft wird.« Sie stand auf und ging zu einem Wandsafe hinter einem Thailand-Bild, öffnete ihn und nahm mehrere Päckchen heraus.

»Suchen Sie sich eines aus. Sie werden sehen, alles vom Feinsten.«

Pablo zog ein Päckchen mit der linken Hand über den Schreibtisch, die Kanone in der rechten immer noch auf sie gerichtet. Als er versuchte, das Päckchen mit dem linken Daumen zu öffnen, war er für einen Moment abgelenkt. Klein riss ihre Schreibtischschublade auf, doch bevor sie nach der Pistole greifen konnte, drückte Pablo zweimal ab. Eine 45er hinterlässt große Löcher. Ihre Schädeldecke flog weg, das Bild hinter ihr wurde vollgespritzt. Blut ergoss sich über den Schreibtisch und die Päckchen, Klein brach tot zusammen.

»Ich hasse Konkurrenz«, sagte Pablo. »Besonders von Amateuren. Und von Gringas.«

Als er gerade seinen Stuhl drehen wollte, riss Stark seine 25er heraus und feuerte dreimal in den weißen Anzug und das selbstgerechte Lächeln. Beißender Pistolenrauch erfüllte den Raum. Zum Glück waren die benachbarten Geschäfte links und rechts des Reisebüros an diesem heißen Samstagnachmittag ebenfalls geschlossen.

Schnell stand Stark auf, wischte seine Fingerabdrücke von der Pistole und drückte sie Klein in die rechte Hand. Die Cops würden glauben, sie hätten sich gegenseitig umgebracht. Er nahm ihre Kanone. Er würde sie brauchen.

Er ging zum Safe und nahm die Päckchen mit dem Stoff. Insgesamt waren es fast 25 Unzen. Er ließ aber so viel zurück, dass die Cops glauben würden, es habe sich um einen Drogendeal gehandelt, der in die Hose gegangen war. Um sich in einer anderen Stadt selbständig machen zu können, reichte es allemal. Und das Bargeld. Er zählte es nicht, aber es sah aus wie fünfundzwanzig Riesen. Jetzt war er richtig im Geschäft. Er warf alles in die Einzahlungstasche einer Bank, die er ebenfalls im Safe fand.

Er brauchte einen fahrbaren Untersatz, um zu Dorie zurückzukommen. Als er sich erinnerte, dass Klein ihren Wagen hinter dem Reisebüro geparkt hatte, durchsuchte er ihre Handtasche und fand die Wagenschlüssel. Das Bargeld aus ihrer Brieftasche nahm er ebenfalls mit. Jeder Dollar half ihm weiter.

Bevor er verschwand, wischte er seine Fingerabdrücke von dem Stuhl, auf dem er gesessen hatte. Er griff über den Schreibtisch und nahm das Päckchen, das Pablo zu öffnen versucht hatte. Er brauchte eine kleine Prise, um wieder in Fahrt zu kommen. Kleins Blut hatte das Pulver nicht verdorben. Stark fand den Hintereingang des Reisebüros, öffnete die Tür und rieb seine Fingerabdrücke dann mit Kleins Taschentuch ab.

Ihr Wagen stand genau da, wo er es erwartet hatte. Es war ein Prachtexemplar. Ein neuer, dunkelblauer Cadillac. Als er in den Wagen stieg, legte er Kleins Kanone ins Handschuhfach. Er hatte schon immer davon geträumt, ein Auto wie dieses zu fahren. Er fühlte sich plötzlich reich. Scheiße, er war reich. Wenn er nur nicht wieder nach Mexiko müsste, um Dorie zu holen. Er ließ den Motor an und dachte eine Weile darüber nach. Er schuldete ihr nichts. Sie war ein Überlebenskünstler. Würde auch allein klarkommen.

20

Als der Caddy auf die Main Street einbog, lenkte sich der Wagen fast von selbst, als wüsste er, dass Stark sich entschieden hatte, doch nach Süden zu fahren.

»Ich muss bescheuert sein«, sagte er laut zu sich. »Die Kleine bedeutet mir doch nichts. Okay, sie ist 'ne echte Wucht, hat Sinn für Humor, ist gut im Bett, aber weißt du noch, wie sie nach einer einzigen Nacht schon mit dir zusammenziehen wollte? Wie hat sie mich nur rumgekriegt? Ausgerechnet mich, der immer in Bewegung bleiben muss. Der keine Bindungen eingehen kann. Der niemals zulässt, dass eine Braut ihn kontrolliert.«

Und wie sollte er Dorie befreien, wenn sie von Pablos Schlägern umzingelt war? Die würden sich gar nicht freuen, ihn wiederzusehen – ohne ihren Chef. Konnte er sie vielleicht mit dem Caddy bestechen? Musste ein Vermögen wert sein, unten in Mexiko. Nein, das würde nicht funktionieren. Weder mit der Kohle noch mit dem erstklassigen Stoff, mit dem er sein eigenes Geschäft aufziehen wollte, würde er Dorie freikaufen können.

Der Caddy fuhr weiter Richtung Süden. Immer deutlich unterhalb der zulässigen Höchstgeschwindigkeit. Inzwischen dürfte Crowley seinen zurückgelassenen Kombi gefunden haben. Würde Crowley denken, dass er und

Dorie zu Fuß nach Mexiko gegangen waren? Wie auch immer, er würde jeden Bullen im Staat nach ihm Ausschau halten lassen.

Vielleicht sollte er ihn anrufen. Kleins und Pablos Leichen würden sie nicht vor Montagmorgen finden, wenn das Reisebüro wieder aufmachte. Vielleicht sollte er Crowley die ganze Sache auf dem Silbertablett servieren. Er wollte schließlich den Boss. Den Ober-Dealer. Stark würde ihm zwei geben. Und Momos Mörder. Vielleicht konnte er sich so seine Freiheit erkaufen.

Bei der ersten Tankstelle mit einer Telefonzelle fuhr er rechts ran. Erst als er dem Tankwart sagte, er solle volltanken, wurde ihm bewusst, dass er genau hier auch gestern Nacht mit den Gangstern angehalten hatte. Zum Glück war es ein anderer Tankwart. Stark warf einen Blick in die Herrentoilette. Seine Lippenstift-Botschaft war immer noch da. Darunter stand jetzt eine weitere Nachricht: »Ruf lieber Kilroy an.«

Nachdem er den Apparat mit genug Münzen gefüttert hatte, damit die Frau im Fernamt endlich zufrieden war, wurde er mit Crowley verbunden. »Wo steckst du? Du bist tot, wenn du dich nicht sofort stellst. Ich lasse dich vom ganzen L.A.P.D. suchen.«

»Darf ich auch mal ein Wort sagen?«

»Nein, du hörst mir zu. Du wirst nicht nur wegen des Mordes an Momo gesucht, wir haben jetzt auch noch Dummys Leiche gefunden. Und jetzt rate mal, in wessen Wohnung er erschossen worden ist? In deiner, du kleine Intelligenzbestie. Wir reden hier von Doppelmord. Das heißt Gaskammer, es sei denn, du stellst dich. Aber selbst dann garantier ich nicht dafür, dass ich deinen Arsch noch retten kann.«

»Jetzt hören Sie mir genau zu, Crowley. Ich werde mich nicht stellen. Ich werde mir die Morde nicht anhängen lassen. Überprüfen Sie Dummys Kanone. Sie werden feststellen, dass er die Kugeln abgefeuert hat, die Momo töteten. Er hatte es auch auf mich abgesehen. Hat in meiner Wohnung gewartet, um mich umzulegen. Ich habe ihn als Erster erschossen, aber auch nur, weil er nicht auf vertrautem Gelände war. Er war ein Killer und ich der Nächste auf seiner Liste.«

»Das kannst du dem Richter erzählen. Mich legst du nicht rein. Ich kassier dich wegen beider Morde ein.«

»Crowley, ich mein's ernst. Wenn Sie mich an der langen Leine lassen, liefere ich Ihnen zwei weitere Leichen.«

»Lange Leine? Machst du Witze oder was? Was könntest du mir anbieten, wofür ich dich noch mal vom Haken ließe?«

»Zwei hochkarätige Drogendealer. Sie haben doch von mir unbedingt wissen wollen, wer Momos Lieferant ist. Der Boss. Nun, der Boss ist kein Mann. Es ist eine Frau. Eine ganz normale Geschäftsfrau.«

»Gib mir den Namen.«

»Nicht so schnell. Ich kann Ihnen außerdem den Chef des mexikanischen Drogenrings liefern. Er ist ein noch erheblich größerer Fisch.«

»Woher weiß ich, dass du mir die Wahrheit sagst?«

»Ich war dabei, als die beiden sich gegenseitig das Licht ausgeblasen haben. Bislang wurden ihre Leichen noch nicht gefunden. In dem Safe der Frau liegen Drogen und wichtige Unterlagen. Wahrscheinlich ist der Typ vorbestraft.«

»Das klingt nicht ganz koscher.«

»Ihr Personal wird mich als Mr. Burdman identifizieren. Ich war vor einigen Tagen bei ihr. Dummy hatte mir einen Hinweis gegeben, dem ich nachgegangen bin.«

»Und wo finde ich diese Leute?«

Er gab Crowley die Adresse des Reisebüros.

»La Jolla? Das ist außerhalb meines Zuständigkeitsbereichs. Das wird mir nicht helfen.«

»Crowley, rufen Sie den Chef des Rauschgiftdezernats der Landespolizei an. Sagen Sie ihm, dass einer Ihrer Agenten die Anführer beider Drogenringe enttarnt hat. Die werden Sie dafür befördern.«

»Warten wir erst mal ab. Du rufst mich morgen wieder an. Ich werde die Bluthunde für vierundzwanzig Stunden zurückpfeifen, bis ich sehe, ob die Geschichte okay ist. Was ich dir rate!«

»Was für ein Freund«, sagte Stark, als die Leitung unterbrochen wurde.

Es war später Nachmittag, als Stark sich der Grenze näherte. Er war müde, musste sich einen Schuss setzen oder wenigstens eine Prise nehmen, wenn er nicht schlappmachen wollte. Er hatte immer noch keinen Plan, wie er Dorie retten sollte. Ziemliches Himmelfahrtskommando, das Ganze.

Als er sich in die lange Autoschlange einreihte, zwischen Amerikanern, die sich einen scharfen, aber billigen Samstagabend in Tijuana genehmigen wollten, bemerkte er auf der anderen Straßenseite eine Anhalterin. Den Daumen gereckt, den Rock hochgezogen. Ein bisschen Bein für den Trottel, der sie mitnahm. Aber der gesamte Verkehr verlief in südlicher Richtung.

Stark brauchte einen Augenblick, bis er registrierte, dass die Braut Dorie war. Wie zum Geier hatte sie es geschafft abzuhauen? Er wendete kurzentschlossen und hielt neben ihr an.

»Nettes Auto«, sagte sie. »Gerade erst gekauft? Sieht neu aus.«

»Nee, ist gebraucht. Für den Kombi hab ich einen guten Preis bekommen. Der Händler meinte, es wäre ein wertvoller Oldtimer. Kann ich dich irgendwohin mitnehmen?«

»Würde lieber mit jemand anders fahren, aber wie's aussieht, hab ich keine andere Wahl.«

»Wie konntest du fliehen? Die zwei Gorillas hatten dich doch permanent im Auge.«

Dorie stieg in den Wagen. »Glücklicherweise gibt's hier unten etwas, das man Siesta nennt. Die beiden Gentlemen haben sich wie Vergewaltiger aufgeführt, also hat mich Mrs. Cantina in ein Hinterzimmer gesperrt und davor Wache gehalten. Ich bin dann eingeschlafen, und als ich aufwachte, hat sie geschnarcht. Mit einer Haarnadel hab ich die Tür geöffnet. Die hatte kein richtiges Schloss, nur einen einfachen Riegel. Die beiden Jungs lagen schlafend auf zwei Tischen in der *cantina*, also bin ich einfach auf Zehenspitzen raus. Ich konnte mir nicht vorstellen, dass sie mir folgen würden, wenn ich auf die amerikanische Seite trampte. Da sind ja überall Grenzbullen.«

»Cool. Kein Theater. Kein Lärm. Und das Beste – wir sind weg.«

»Was ist aus Pablo geworden?«

»Was er mit mir vorhatte. Ich war nur schneller. Und schneller als Klein. Er hat sie umgelegt und hätte mich als nächstes ausgeknipst.«

»Und was machen wir jetzt? Werden die Bullen nicht hinter uns her sein? Eigentlich wollen sie ja nur dich. Nicht mich. Ich bin ja nur so mitgekommen. Trotzdem nett, dass du gekommen bist, um mich zu retten. Ich hätte nicht gedacht, dich jemals wiederzusehen. Weder tot noch lebendig.«

Während Stark den Wagen nach Norden steuerte, beschloss er, sein Glück mit Dorie zu teilen.

»Sieh mal, was ich dir Schönes mitgebracht habe, Babe. Den Vorrat habe ich aus Kleins Safe eingepackt. Das ist genug Stoff für mehrere Jahre und genug Kohle, um uns selbstständig zu machen.«

Er zeigte ihr die Tasche mit den Päckchen und dem Bargeld.

»Bist du verrückt? Jeder Cop in ganz Kalifornien sucht dich. Und da willst du ins Drogengeschäft einsteigen? Fahr rechts ran«, sagte sie. »Ich brauch jetzt was, bin echt fertig.«

Stark fuhr an den Straßenrand. Er musste mal pinkeln und stieg in den Graben neben der Straße, damit er für vorbeifahrende Autos nicht zu sehen war. Da hörte er, wie der Caddy ansprang und Dorie losfuhr.

Während der Caddy die Straße hinauf verschwand, lächelte Stark leise in sich hinein. Er hatte Dorie nicht gesagt, dass der Wagen Mrs. Klein gehört hatte. Die Cops würden sie schon bald anhalten. Außerdem wusste sie nicht, dass Kleins Kanone im Handschuhfach lag. Und dass er sich die Hälfte der Kohle in die Hosentasche gestopft hatte.

Ungefähr eine Viertelmeile weiter fuhr der Caddy rechts ran. Hatte sie es sich anders überlegt? Stark lief zu ihr hin. Als er den Wagen erreichte, warf sie die Banktasche an den Straßenrand und fuhr wieder los. Darin lagen etwa die Hälfte des Geldes und die Hälfte des Stoffs. Die Braut hatte wirklich ein gutes Herz.

Er hatte nicht mehr genug, um sich selbstständig zu machen, aber er hatte vierundzwanzig Stunden Zeit und ausreichend Kohle, um nach Kanada zu kommen. Außerhalb von Crowleys Reichweite. Dort wartete ein riesiger Markt auf eine so große Nummer wie ihn. Er war bereit für neue Dinger. Als er die Straße entlangschlenderte, pfiff er leise vor sich hin.

Der vorliegende Titel erschien erstmals 2007
im Verlag No Exit Press, Harpenden, Großbritannien.

Umschlaggestaltung: Marc Müller-Bremer, München
Herstellung: Verlagsservice Rau, München
Typografie und Satz: Frese Werkstatt, München
Druck und Bindung: Ebner & Spiegel, Ulm

ISBN 978-3-935890-61-8